Au bonheur D'Emma

Au bonheur d'Emma

Roman

Katherine Bourdon

Catalogage avant publication de Bibliothèque et Archives nationales du Québec et Bibliothèque et Archives Canada

Bourdon, Katherine
Au bonheur d'Emma
ISBN-13: 978-1456315955
ISBN-10: 1456315951

Dépôt légal :
Bibliothèque Nationale du Québec, 2011
Bibliothèque Nationale du Canada, 2011

Mise en page : Pierre-Olivier Roy
Révision linguistique : Pierre-Olivier Roy
Conception graphique : Pierre-Olivier Roy

Tous droits de traduction, de reproduction et d'adaptation réservés.

Éditions Châteaufort, 2011

À P.O. Victor et Simone

Partie I

La vie est belle. On a souvent tout ce qu'il faut pour être heureux, mais la plupart des gens ne s'en rendent pas compte. Il y a quelque temps, moi non plus je ne me rendais pas compte que j'avais tout pour être heureuse. Parce que même si je croyais tout avoir, je n'avais pas trouvé ce qui me rendrait vraiment heureuse.

Tout a commencé cette journée-là. La pire de ma vie. Non, la deuxième pire. La pire de toute ma vie est arrivée après.

Toujours est-il que ce matin-là, je me rends à la boutique de vêtements branchés où je travaille comme à l'habitude. Mon patron, Ibrahim, un petit homme moustachu et bedonnant, est là. Il est rigide, toujours en complet, et il ne fitte pas du tout avec son commerce cool du Plateau. En fait, il est toujours là. Je crois même qu'il vit dans son arrière-boutique. Pas étonnant, il est tellement antipathique et froid, il ne doit pas avoir ni femme ni ami. Ça doit être triste, être Ibrahim. Toujours est-il qu'Ibrahim est là et qu'à la seconde où je passe derrière le comptoir pour ouvrir la caisse, il passe la tête par la porte de l'arrière-boutique et me convoque dans son bureau. Mon Dieu! J'ai dû encore faire quelque chose qu'il n'a pas aimé, comme oublier de vider les poubelles ou peut-être qu'hier, j'ai parlé un peu trop longtemps avec le super beau gars qui est venu essayer une chemise. Il ne l'a pas acheté, finalement, mais on a bavardé quelques minutes. Ibrahim n'aime pas ça quand on s'attarde avec les clients, il dit que ce n'est pas productif. Moi, je trouve que ça peut payer d'être sympathique, les clients vont avoir envie de revenir pour jaser avec la vendeuse super fine (c'est moi, ça! Hi! Hi!) et pour être bien servi, mais Ibrahim n'est pas de mon avis. En tout cas, toujours est-il que je me rends dans son bureau, comme il me l'a demandé. J'entre. Il me faire signe de m'asseoir. Je m'exécute. Là, il commence par me dire que depuis quelque temps, mon efficacité a diminué. Il dit aussi que les files de clients qui attendent à ma caisse sont toujours plus longues qu'aux autres caisses, etc., etc. Je le vois venir. Je sais exactement où il s'en va en prenant ses grands détours.

Il est en train de me donner plein de raisons pour expliquer mon renvoi, que je pressens soudainement imminent. Je sais très bien que la vraie raison, c'est que depuis que la boutique l'autre côté de la rue a changé de propriétaire, les conditions de leurs vendeuses se sont améliorées. Une fille, qui travaille là et qui vient souvent prendre un café le matin avec nous, nous a parlé de leurs nouvelles conditions. Alors ma collègue Mandy et moi on a organisé un souper avec les autres employés du magasin pour discuter de nos conditions de travail, et pour les inciter à se joindre à nous pour demander davantage à Ibrahim...

Et ça, c'était sûr qu'il n'allait pas aimer...

Toujours est-il que ce que j'appréhendais se produit. Moins d'une heure après mon arrivée au travail, je ressors de la boutique, mon quatre pour cent à la main. Pour ça c'est cool, je serai pas obligée de revenir m'humilier à demander de l'argent qui m'appartient.

C'est le matin, il est tôt et je me mets à errer sur la rue Mont-Royal. C'est tellement injuste! Ibrahim est un salaud et un radin! Je devrais me venger. Je pourrais abîmer sa BM? Je sais où elle est, il la met toujours à la même place. Les BMW, ce sont des autos pour les faux riches, ou les snobs. C'est pour les personnes qui veulent *montrer* qu'elles ont de l'argent. Les vrais riches, eux, n'ont pas besoin de montrer qu'ils ont de l'argent, ils en ont, c'est tout. Et ils ont des Volvo, ou des Mercedes, des voitures qui ont de la classe. (C'est un ami qui travaille chez un concessionnaire de voitures qui m'a dit ça, moi, je ne connais rien aux voitures...) En tout cas, si je m'attaque à sa voiture, il va savoir que c'est moi et je serai peut-être dans une situation pire que maintenant. Il est déjà puni, de toute façon. En étant un triste monsieur qui vit dans sa boutique de linge... En plus, je ne serais pas capable de me venger, parce que je ne suis pas méchante. Je ne suis pas capable de faire de la peine à quelqu'un par exprès. Des fois, j'aimerais ça être plus méchante, parce les gens méchants sont toujours convaincus qu'ils ont raison d'agir comme ils le font. Moi, je me sens souvent mal quand je suis un peu méchante...

Je suis en train de penser à tout ça en me demandant

bien ce que je ferai pour payer le loyer. Déjà qu'il est en retard et que je dois de l'argent à ma coloc... Je marche quelques minutes en regardant le trottoir et lorsque je lève la tête, je me rends compte que je suis rendue chez Phil. Comme il travaille tard le soir, il sera sûrement encore au lit et je pourrai peut-être me coller un peu, ça fera sûrement paraître ma journée moins catastrophique...

Phil, c'est mon chum. C'est-à-dire qu'à ce moment-là, *c'était* mon chum. C'était le plus beau gars que j'avais jamais vu. Il est vraiment hot. Il est grand, blond, très sociable. Il a une belle gueule et il le sait. Il n'est pas propriétaire d'un bar pour rien. Il aime le monde et le monde l'aime. Je l'ai rencontré un soir où Jeanne et moi on est sorties, un jeudi, après le 5 à 7. Il m'a servi mon cosmo, et il me l'a offert gratuitement. Ensuite, durant la soirée, il est revenu me voir. Il m'a donné son adresse courriel et son numéro de téléphone. Jeanne m'a dit que je n'avais rien de bon à tirer d'un gars comme lui, et que quand il aurait fini avec moi, il ferait le même truc à une autre cliente de son bar. À ce moment-là, je me suis dit «Jeanne est tellement méfiante. Pas étonnant qu'elle soit toute seule.» En tout cas, toujours est-il que je l'ai fait mentir. Ça faisait maintenant trois mois que je sortais avec Phil. C'était ma plus longue relation jusque-là.

J'arrive donc devant chez lui, et, comme la toile de sa chambre est tirée, je me sers de ma clé pour entrer. Je suis contente de lui faire une surprise. J'adore ça, faire des surprises! Voir les gens contents, ça me rend heureuse aussi! J'entre donc dans l'appart de Phil sans faire de bruit. Dans le salon, il y a quelques bouteilles d'alcool vides et deux verres de vin ainsi que plusieurs shooters. Phil et son coloc ont encore fini la soirée en revenant du bar ce matin tôt. Merde, il va falloir que je lui parle, je pense qu'il commence peut-être à avoir un problème. Dans le corridor, il y des vêtements par terre. Des vêtements de gars, mais aussi de filles. Franchement! Guillaume, le coloc de Phil ramène chaque soir une fille rencontrée au bar. Phil et moi on rit bien de ses aventures! On le trouve pathétique, à presque trente ans! En passant devant la chambre de Guillaume, par contre, la porte est ouverte et il n'y personne à l'intérieur... Bizarre, quand même. Je me demande bien où ils sont passés lui et sa fille de la veille. Peut-être dans la douche? Mais je n'entends pas de bruit provenant de la salle de bain. Je me rends jusqu'à la chambre de Phil. La porte est grande ouverte. J'aperçois des sous-vêtements. Ceux de Phil et un string rose! Hey! C'est pas à moi, ça?! Et c'est là que je le vois. Il dort paisiblement... Avec Stella, la *shooter girl* de son bar!

-Merde!

Je crie de surprise et Phil et Stella se lèvent d'un bond, sans comprendre ce qui se passe. Ils prennent quelques secondes pour regarder autour d'eux et remettre leurs idées en place. Quand ils me voient, ils se sont déjà levés et se précipitent sur moi, tous les deux déshabillés pour *m'expliquer* que ce n'est pas *ce que je pense* ! Pfff!

Je ne prends pas la peine d'écouter leurs tentatives

d'explications, j'ai déjà entendu beaucoup trop de conneries aujourd'hui, en commençant par celles d'Ibrahim. Je reprends le chemin de la sortie en lançant ma clé derrière moi... Je sors de l'appart en courant. Jeanne me l'avait bien dit que ça ne durerait pas longtemps, cette histoire-là. Sortir avec le propriétaire du bar où on se tient, ça, c'est pathétique. C'est un mauvais plan. En plus, je savais bien qu'il ne m'avait pas choisie moi, entre toutes parce qu'il avait eu le coup de foudre. Merde!

En réfléchissant à tout ça très vite et en me maudissant d'avoir crû que je pouvais vivre une grande histoire d'amour avec le propriétaire de notre bar préféré, je continue de courir.

Je cours jusque sur la rue St-Laurent, jusqu'à l'espace-loft superbranché que ma coloc superbranchée partage avec quelques autres designers graphiques, producteurs de sites web et autres trucs en vogue... L'espace-loft est situé au troisième étage d'un immeuble en plein milieu du quartier portugais. Je crois que c'est un ancien entrepôt, parce que c'est très grand, tout en brique et les poutres d'acier sont apparentes au plafond. Le plancher est fait de grosses lattes de bois foncé. Les hauts plafonds sont ornés de ventilateurs et de lumières en rangée.

Je me dirige vers le bureau de Jeanne. En fait, c'est derrière son paravent, car tous les locataires ont un espace-bureau qui est séparé des autres espaces-bureaux par des paravents design. Je me précipite donc derrière son paravent... Et en voyant le regard qu'elle me lance, et le *non* que fait sa tête, je recule aussitôt. Jeanne est avec un client et apparemment, elle n'a pas le temps de me recevoir. Je ressors donc de l'espace-loft. Je suis sur la rue St-Laurent, et là, pour vrai, je ne sais plus où aller...

J'entreprends de parcourir à l'inverse le chemin que j'ai fait tout à l'heure, mais en marchant, cette fois. En marchant très lentement même. Je me mets à réfléchir à ce que je pourrais bien faire comme travail... Parce que je n'ai aucune économie et je ne connais personne qui pourrait me prêter de l'argent. Alors, ça presse vraiment. Plus j'y pense, plus je suis découragée. Moi, Emma, 27 ans, une moitié de cours en coiffure, que j'ai abandonné quand mon père est décédé (je n'avais pas vraiment la tête aux études). Une moitié de cours en comptabilité (je déteste les chiffres. Je ne sais même pas comment j'ai pensé à étudier là-dedans). Un appart avec une coloc (en fait, la vérité c'est que j'habite *chez* Jeanne). Plus de chum... Ma vie est vraiment poche!

Je ne sais pas ce que je vais faire. Je n'ai pas d'argent dans mon compte de banque et je dois pas mal de sous à Jeanne. Il faut que je travaille, je n'ai pas le choix. Tout d'abord, je vais me rendre chez moi. Je ne suis pas loin du coin de Mont-Royal et Des Érables, où j'habite. Ensuite, je vais appeler Jeanne. Elle va m'aider pour trouver ce que je vais faire. Jeanne m'aide tout le temps! Jeanne, c'est comme mon père, ma mère et mon chum en même temps! Elle me conseille, elle me prête de l'argent, elle m'héberge et elle me rassure. Une chance qu'elle est là!

Je marche toujours sur la rue Mont-Royal en direction de chez moi, lorsque je m'arrête devant un resto vraiment cool. Il y a toujours des files de clients qui vont jusque dans la rue à partir de 10 h le matin. J'aime ça aller là. Mais pas aujourd'hui, vu que je n'ai plus d'argent. Je ne vais pas dépenser pour déjeuner au resto.

Je suis tout à coup attirée par une affiche dans la vitrine du restaurant, collée juste devant les cuisiniers qu'on peut voir faire les assiettes depuis la rue. L'affiche dit que le restaurant recherche un cuisinier et une serveuse à temps plein. Pour ce qui est de cuisiner, je suis nulle et en plus, je déteste ça, donc je ne vais pas essayer. Mais être serveuse, peut-être que je pourrais? Il paraît que ça fait plein d'argent avec les pourboires et comme c'est un resto vraiment cool, je suis certaine qu'il y toujours beaucoup de clients à servir. Je me mets donc à pousser délicatement la horde de personnes branchées qui attend dehors et je me faufile jusqu'à l'intérieur. Là, je me rends au comptoir demander si le gérant ou la personne responsable de l'embauche est disponible. Un cuisinier me demande d'attendre un instant. Je patiente en observant les clients. Ils ont tous un style bien à eux, mais en même temps, ils ne sont pas extravagants. Je vais essayer de les étudier pour connaître comment devenir la serveuse qu'ils vont adorer et qu'ils vont avoir le goût de revenir voir. Soudain, un homme d'environ 45 ans vient se présenter à moi et me tirer de mes réflexions. Il n'a pas de cheveux, il est bronzé et il parle avec un léger accent anglophone. Il me demande:

-C'est toi qui es venue pour la job?
-Oui. Euh. Pour la job de serveuse.
-As-tu de l'expérience?
-Oui!... Oui, ben oui, voyons!

C'est pas tout à fait faux. J'ai déjà travaillé dans la cour alimentaire des Promenades St-Bruno... Durant deux semaines... Quand j'avais seize ans...

-Tu travaillais où?
-Euh. À la Fontaine Santé....
-T'étais pas serveuse. Tu prenais des commandes.
-Oui. Euh, mais, j'apportais des plateaux aux tables... Lorsque les commandes ne sortaient pas assez vite...
-Ouin. Bon... Je viens de mettre l'affiche il y a quelques minutes. T'es la première qui se présente alors si tu veux t'essayer, viens vers 14h00 quand le rush du midi va être fini pour qu'on te montre la job. Et tu resteras pour le shift du soir.

Trop cool! J'ai un nouveau travail! Je suis serveuse dans un resto hot! Je vais être super populaire. Tous les clients qui vont venir vont demander d'être servis par moi et je vais avoir plein de pourboires! Je vais rembourser ma coloc pour les mois où elle a payé mon loyer à ma place et je vais pouvoir m'acheter des beaux vêtements. Vraiment, je suis géniale! J'ai perdu mon travail il y a à peine deux heures et déjà, j'en ai trouvé un autre, meilleur en plus!

Bon, je vais travailler dans moins de deux heures. Ça ne vaut pas la peine de retourner à l'appart. Je pense que je devrais me récompenser pour mon génie et la grosse journée que je vais avoir en allant magasiner un peu. Je peux mettre mes achats sur ma carte de crédit, je rembourserai avec mes pourboires de ce soir!

Il est 15 h. Je suis dans *mon* nouveau resto. Pas mon resto *à moi*, celui où je travaille. J'ai passé une heure avec Greg, un serveur qui se donne de grands airs efféminés, qui semble me trouver complètement nulle et qui m'a montré comment on fonctionne. Ça a l'air de rien, serveuse, mais c'est beaucoup de choses à savoir. Et il faut faire vite, car les clients veulent leur assiette rapidement et il y a beaucoup de monde. Pfff! Je suis déjà éreintée et je n'ai pas encore commencé mon shift.

Ma soirée est un enfer. Premièrement, je me trompe dans plein de commandes. Les gens ne reçoivent pas les plats qu'ils ont commandés, alors il faut que je les retourne et que la cuisine en refasse des nouveaux, ce qui prend deux fois plus de temps pour les clients qui sont mécontents. Résultat : ils ne me laissent pas beaucoup de pourboire. Ensuite, les cuisiniers sont fâchés contre moi parce que je leur fais faire du travail en double, ce que je peux comprendre. Et même le gérant vient me voir pour me dire que si je continue à gaspiller la nourriture, il va m'enlever le coût des plats pour lesquels je me suis trompée, sur mon salaire! Non! Déjà que je n'ai pas autant de pourboire que ce sur quoi j'avais compté. Il faut que je rembourse les trois cents dollars de vêtements que j'ai achetés cet après-midi! En plus, à un moment, je me suis trompée, j'ai redonné du change pour un cent dollars à un client qui me l'a demandé, mais ce n'était pas le bon client. Alors quand le vrai client m'a redemandé son change, je n'en avais plus à lui remettre. J'ai dû emprunter à une collègue, mais il va falloir que je lui rembourse à la fin de la soirée.

Je me concentre donc pour ne plus faire de gaffe de la soirée, et j'espère que le gérant va oublier mes petites erreurs et qu'il va être content de moi. Il verra que je me suis reprise et que ce n'était que des erreurs de débutante. J'ai des assiettes dans les mains. Je suis certaine que ce sont les bons plats, cette fois. J'approche de la table de mes clients, deux hommes. Je vais leur donner leur commande dans quelques secondes. Enfin. Ça fera des clients satisfaits de moi ce soir. J'approche de leur table, j'y arrive. Mais, aie! C'est chaud, ça!

-Merde!

J'ai crié. Une des assiettes m'a brûlé la petite peau entre le pouce et l'index. Tout d'un coup, ça a chauffé très fort. J'ai échappé les assiettes. Une par terre, juste au milieu de l'allée, ce qui bloque le passage aux autres serveurs qui ont aussi des assiettes chaudes dans les mains. Et l'autre assiette est tombée sur mon client. Celui qui aurait été censé être *le* client satisfait de la soirée.

Je ne sais plus quoi faire. Je veux pleurer! Je prends les serviettes de table qui sont posées à côté de mon client couvert de mayonnaise, de frites et de morceaux de hamburger et j'entreprends de le nettoyer, lorsque mon coude accroche sa bière qui tombe et qui se déverse lentement sur ses pantalons. En même temps, le gérant arrive derrière moi. Il me crie, alors que j'allais me mettre à éponger les cuisses du client :

-Arrête! On ne touche pas aux clients. Maintenant, disparais!

Je regarde le gérant qui se confond en excuses et qui explique aux deux gars que leur repas leur sera offert gratuitement. Ceux-ci sont découragés, je pense, parce qu'ils se lèvent quelques instants plus tard pour quitter la place. Des employés s'affairent à passer le balai et ramasser les morceaux de nourriture et de porcelaine qui traînent un peu partout. Je cherche un endroit pour disparaître, comme me l'a conseillé le gérant. Juste à côté de moi, il y a deux portes, ce sont les salles de bain. J'ouvre la porte de celle des femmes. C'est celle où il y a une photo de lèvres de femme dessus. Je me réfugie à l'intérieur. Wow! Je n'étais pas encore venue. Même les toilettes sont hot ici! On dirait un petit club. Il fait noir et quand on est assis sur la toilette, on a la télévision! Et il y a une chute d'eau! Ayoye! En voyant l'eau couler de la chute, je me mets à pleurer. Je suis une chute, moi aussi, je ne peux plus m'arrêter. C'est sûr, ce soir, je perds encore mon emploi! Le gérant ne voudra jamais me garder après tout ce que j'ai fait. Qu'est-ce qui va m'arriver?

Ça fait déjà un moment que je pleure à chaudes larmes assise sur la toilette, quand quelqu'un se met à cogner dans la porte de la salle de bain. Je ne réponds pas. Je vais me laisser mourir ici. Je vais me coucher par terre et me noyer la tête dans la chute d'eau. Ou encore juste attendre la mort. Cela vaudra mieux qu'affronter la honte qui m'attend à l'extérieur de cette salle de bain-club. Mais les coups à la porte se font de plus en plus insistants et bientôt, j'entends la voix du gérant du restaurant qui me somme de sortir immédiatement. Pfff... Sinon, quoi? Je me lève péniblement, comme si j'allais au bûcher et j'ouvre tranquillement la porte. Je passe un œil dans l'ouverture et j'aperçois... L'œil du gérant. Hum. Vu de proche, comme ça, avec le crâne dégarni, il a l'air un peu étrange... Il me dit de le suivre. Je le suis.

Il m'amène dans la cuisine. Et là, il me dit:

-Ouin. On peut pas dire que t'es vraiment bonne pour être serveuse, toi.
-Je m'excuse. Je suis maladroite, j'ai toujours été comme ça.
-C'est pas exactement le genre de travail pour une personne maladroite. Écoute. Si tu veux essayer quelque chose d'autre, qui te conviendrait probablement mieux, j'aurais un poste de barmaid. C'est vraiment facile. Les serveurs prennent les commandes pour toi, ils te les apportent au bar et toi tu fais les drinks. Ce sont eux qui reviennent les chercher pour les servir. T'as rien d'autre à faire que des drinks derrière ton comptoir. Personne va venir t'achaler et t'as même pas d'argent à compter. Qu'est-ce que t'en dis?
-Vous ne me mettez pas dehors? Vous voulez encore que je travaille ici?
-Oui. T'es pas bonne serveuse, mais t'as sûrement

d'autres talents. Tout le monde mérite sa chance. On va trouver quelque chose qui te convient. Reviens demain à la même heure qu'aujourd'hui, on va te donner un training au bar. Inquiète-toi pas trop. Ça arrive à plusieurs personnes des choses comme ça. C'est pas tout le monde qui est fait pour être serveuse.

Je repars du restaurant le cœur plus léger. J'ai vraiment fait une folle de moi aujourd'hui, mais demain, je vais me reprendre en faisant des super bons drinks! Je vais être la reine des drinks sur la rue Mont-Royal. Je vais même rivaliser avec le bar de Phil. Tout le monde va dire «Hey! On sort, on va au resto où il y a les drinks malades! La barmaid, Emma, est écœurante!» Demain, je vais être prête.

Ce soir, pour me mettre un peu dans l'ambiance de mon nouveau métier, et pour me récompenser de la très dure soirée que j'ai eu, je pense qu'il faudrait que j'aille dans un bar, étudier les différents drinks. J'envoie un message texte à Jeanne pour qu'elle me rejoigne au bar au coin de la rue de notre appart. Je vais aller *travailler* un peu, question d'être top demain!

***

Le lendemain matin (après-midi, en fait, parce qu'il est 13h00), je me réveille avec un mal de tête atroce. Je me lève. Oh! Pas trop vite. Ça résonne. Je vois un peu embrouillé. On dirait que regarder me donne la nausée. Merde! Qu'est-ce que j'ai fait, donc pour me sentir comme ça? J'essaie de fouiller dans mes souvenirs d'hier, mais je ne sais pas, c'est un gros trou noir. Soudain, ma soirée me revient par petits morceaux. Moi, Jeanne, au petit bar au coin de chez nous. On a commandé tous les drinks qu'il y a sur la carte, question de les étudier. Et ensuite, on a retesté nos préférés, question de bien cibler lesquels je devrais faire pour avoir du succès comme barmaid. Et finalement, on a sélectionné notre préféré de tous, le martini au chocolat. Et on en a commandé quelques-uns, pour capter toutes ses subtilités et que je puisse le reproduire parfaitement. Après, ben, je me rappelle plus. Mais pourquoi donc, on a fait ça? Ah! Oui! Ça me revient. J'ai un nouveau travail de barmaid au resto. Il faut d'ailleurs que je m'y rende pour 14 h pour ma formation. 14 h? Et il est quoi, maintenant? 13 h 15? Merde! Vite!

Je marche sur la rue Mont-Royal en me pressant. J'ai pris une douche très rapide, je me suis maquillée en vitesse (c'est important d'avoir une apparence soignée quand on travaille avec le public) et j'ai enfilé ma jupe la plus mini que j'ai (je veux avoir l'air sexy, il paraît que quand on est barmaid, on se trouve un *kit à tips* et que quand on le met, on se fait encore plus d'argent. Mais je ne connais rien au métier de barmaid). Je pars en gougounes parce que ça marche mieux, mais j'apporte mes souliers à talons aiguilles que je vais mettre en arrivant au resto.

Il est 19 h. Je suis au resto. Premièrement, je n'aurais pas dû me mettre en mini-jupe. Je n'ai pas besoin d'être sexy, puisque je reste toute seule derrière mon comptoir toute la soirée. Les clients ne me voient même pas en bas de la hauteur des épaules. En plus, je suis toujours penchée pour prendre les trucs dont j'ai besoin pour faire les drinks et j'ai un mal de chien aux pieds qui sont fourbus à force d'être debout en talons. Je suis certaine que j'ai plein d'ampoules. Greg, le serveur, qui est aussi barman (il est polyvalent, Greg) m'a montré comment faire les drinks. Pas compliqué, puisque j'ai devant moi un carton qui indique toutes les boissons et les quantités pour chaque mélange que je dois faire. La seule chose, c'est que je dois opérer rapidement, car les commandes entrent vite et personne n'aime attendre après son verre. Au début, c'est facile. Ce sont des commandes de jus, et de bières qui entrent. Ensuite, ça se corse. Il y a de plus en plus de commandes et je suis un peu mêlée pour tout faire à temps. Alors, ça s'accumule et j'ai de la difficulté à reprendre le dessus. Quelqu'un a commandé un cosmo. Ah! Facile! Les miens sont excellents! Je regarde sur le carton des mélanges, ce qu'ils disent. Jus de canneberge avec une demi-once de vodka. Hein? Juste une demi-once? Et ils ne mettent pas de triple sec? Maintenant je comprends pourquoi les drinks ne goûtent pas vraiment l'alcool quand on va au resto. Ils économisent sur les quantités. Je trouve ça poche, car moi je serais vraiment déçue si je commandais un cosmo et qu'on me servait du jus de canneberges. Alors, je décide d'y aller de ma recette perso. Le client (sûrement une cliente) va triper et elle va en prendre encore et ça devenir ma marque de commerce. Peut-être même que le resto va devenir réputé pour ses cosmos et que les gens vont venir ici juste pour goûter mes cosmos à moi! J'y vais donc avec deux onces de vodka, du triple sec, du seven-up et du jus de canneberges. J'ajoute des fruits congelés. C'est cool. J'adore ça, être barmaid!

Le gérant choisit exactement ce moment pour venir voir comment je m'en tire. J'ai un grand sourire lorsqu'il passe et je lui dis que tout va bien. Mais mon sourire disparaît lorsque je vois la face qu'il fait quand il voit la quantité d'alcool que je mets dans le verre à cosmo.

-Wo! Qu'est-ce que tu fais, là?
-Un cosmo.
-As-tu lu la recette? Tu mets trop d'alcool, c'est ça qui paye le plus les drinks, mais si tu en mets une quantité comme ça dans tous ceux que tu fais, on fera pas de profit. Relis ta recette et fais-moi un cosmo qui a de l'allure.
-Euh... Ben, justement. Je trouvais que la recette était pas super. Les miens sont vraiment délicieux et...

-et fais-moi ça comme du monde, si tu veux pas que je te les fasse payer, les drinks.

Je deviens vraiment nerveuse. Je n'aime pas ça me faire chicaner et je me sens prise en défaut. Je ne sais plus ce que je fais et je me mets à trembler légèrement. Mais assez fort quand même pour que le cosmo extra vodka se renverse sur le comptoir. Merde!

À ce moment, deux serveuses arrivent avec des commandes de drinks. Elles me demandent où sont leurs drinks, ceux qu'elles m'ont commandés depuis plusieurs minutes déjà. Ils ne sont pas faits, je n'ai pas eu le temps. Je veux le dire, mais ma gorge est sèche et bloquée. Je ne suis plus capable de parler et tout commence à tourner autour de moi. Oh! Non! Je vais faire une crise d'angoisse. Je déteste ça, j'ai l'air tarte quand je fais ça! Je laisse tout en plan et je sors du resto en courant.

Je suis dehors, devant le resto. J'essaie de respirer, mais je ne suis pas capable. Merde! Je suis vraiment bonne à rien. Je vais perdre connaissance sur le trottoir et l'ambulance va venir et tout le monde sera massé autour de moi et les passants vont penser que j'ai fait une overdose et demain, je vais être sur la première page du Journal de Montréal. Il faut que je me ressaisisse. Mais je ne peux pas. Je respire vite et très bruyamment. Oh! Non! Les gens me regardent et ils vont penser que je suis folle! Le gérant du resto sort à ce moment et semble me chercher des yeux. J'essaie de me cacher derrière la file de clients qui attendent, mais ceux-ci se dispersent sur mon passage alors je suis visible. Lorsqu'il m'aperçoit, il me remet mes gougounes et me dit :

-Tiens. Va t-en chez vous. J'ai essayé de te donner une chance, mais manifestement, t'es pas faite pour ce genre de travail. C'est pas grave, je vais trouver quelqu'un d'autre.

Je suis découragée. Je veux parler, je veux lui dire que je m'excuse de ne pas avoir été à la hauteur. Et aussi qu'il est dur avec son personnel. Mais je ne dis rien. Je prends la paire de sandales qu'il me tend et je me mets à marcher. Soudain, le gérant m'appelle. Je me retourne. Il me dit:

-C'est pas grave. Je suis sûre que t'es bonne dans quelque chose. Il faut juste que tu trouves dans quoi.

Je me retourne et recommence à marcher, la honte collée aux fesses. Et le découragement. J'ai raté. Je suis poche, et je n'ai toujours plus de travail. Qu'est-ce que je vais faire? Il me faut de l'argent.

Retourner à l'école? J'aimerais bien avoir une formation dans quelque chose, genre être spécialiste dans mon domaine. Mais je n'ai pas de domaine. Il faudrait que je trouve quelque chose qui m'intéresse. Mais y'a rien qui m'intéresse. Et je pense que je suis trop vieille. Toutes mes amies travaillent déjà. En plus, j'aime pas ça l'école, c'est difficile et c'est trop long. Je ne suis jamais capable de suivre et je ne comprends pas les exercices à faire. Et puis, après quelques minutes assise à un bureau, j'ai des fourmis, je ne peux pas me concentrer. Et puis, pendant que je serais à l'école, je ne gagnerais pas d'argent et je suis déjà vraiment pauvre. Retourner chez ma mère? J'veux pas me taper une dépression, chez ma mère, c'est tellement déprimant. Elle habite en banlieue et j'ai pas d'auto. Toutes mes amies habitent en ville, je serais toujours dans le métro et j'aurais l'impression d'avoir encore 16 ans. Et vivre avec ma mère, je ne peux même pas me l'imaginer.

Prise par mes réflexions, je me rends à peine compte que je suis rentrée à l'appart. Je dépose mon sac et je me dirige vers la cuisine. Je vois le signal lumineux du téléphone clignoter alors j'appuie sur le bouton pour écouter le message. C'est ma meilleure amie Florence. Elle m'invite à un barbecue dimanche chez elle. Elle me dit que je peux amener Phil (Pfffff) et que sinon, elle peut me prendre au métro.

Depuis la première année du primaire qu'on est les meilleures amies, Florence et moi et pourtant, on est tellement différentes! Elle rêvait depuis qu'on avait six ans d'avoir des enfants, elle avait même choisi leur prénom. Elle voulait un garçon en premier et une fille en deuxième, à deux ans d'intervalle. Bien sûr, elle voulait être mariée depuis au moins un an avant d'avoir son premier enfant. Elle voulait être installée dans sa petite maison en banlieue avec sa piscine creusée (parce que c'est pas mal plus esthétique qu'une piscine hors terre). Et tout ça, avant d'avoir 30 ans parce qu'après, on est vieilles! Et bien elle a eu tout ça! Exactement dans cet ordre! Et elle n'a même pas forcé les choses, en plus!

Après le secondaire, Florence a fait des études. Elle s'est même rendue jusqu'à la maîtrise et elle est devenue vérificatrice-machin, un truc fiscal qui a l'air compliqué, et vraiment ennuyant. Et puis un week-end, chez des amis pour un pique-nique british, elle a rencontré Pierre-Olivier, et ce fut le début de son conte de fées! Tout s'est déroulé comme dans son scrap-book qu'on avait fait ensemble quand on avait neuf ans, l'été où on est allées à Ogunquit avec ses parents. On avait écrit des mots et mis des images de ce que serait notre vie dans l'avenir. Bref, Florence et Pierre-Olivier se sont mariés, au manoir Rouville-Campbell, ils sont allés en voyage de noces à Paris et à Londres et ont acheté une maison à St-Lambert. Un an après pile, Florence a accouché d'un garçon Simon et elle a abandonné son gros poste de vérificatrice-machin pour se consacrer entièrement à ses enfants et *leur donner le meilleur départ dans la vie...* Du coup, finis les 5 à 7! Elle n'aime pas trop venir en ville à cause du trafic et elle doit toujours être chez elle le soir à cause des bains et des dodos alors souvent, elle me reçoit. Très souvent, même. Trop, au goût de son mari. Mais il m'aime bien quand même.

J'avoue que même si je l'envie avec sa super vie parfaite, ses enfants parfaits et son mari parfait et que j'aimerais être à sa place, j'adore Florence et je me sens bien chez elle avec sa famille. Alors, elle vient me chercher au métro (dans son Honda Pilot avec-un-DVD-dedans-pour-que-ce-soit-moins-pénible-quand-elle-voyage-avec-les-enfants) et je passe des journées chez elle. Je suis même la marraine de sa fille

Charlotte! Moi, Emma! Je suis marraine!

Je suis épuisée! Je me lève de ma chaise, la remets à sa place, sous la table, sinon Jeanne va me le noter. Et je me rends à ma chambre. Je me laisse tomber sur mon lit, tout habillée et presque aussitôt, le sommeil s'empare de moi.

***

En me levant le lendemain, j'ai les idées pas mal plus claires. Physiquement, je me sens en forme et la nuit m'a permis de mettre un peu d'objectivité dans ma vision des choses.

Je pense à ça en rangeant la cuisine. Je remarque le journal de quartier qui traîne sur la table. Je le prends pour le mettre au recyclage. Le journal est ouvert à la page des petites annonces. Peut-être que je pourrais me trouver un emploi temporaire là-dedans. Souvent, ils cherchent des réceptionnistes ou des secrétaires, je suis capable de faire des photocopies, je pourrais peut-être me trouver quelque chose, au moins pour payer le loyer. Je tire une chaise, je m'assois à la table avec le journal et je commence à éplucher la rubrique des emplois. Je prends la première annonce. *Réceptionniste demandée pour prendre les commandes par téléphone.* C'est un fournisseur de tôle, dans l'est de Montréal. Ça a l'air facile, prendre des commandes par téléphone. Je pourrais faire ça sans problème. Je compose le numéro de référence indiqué sur l'annonce. Un homme décroche aussitôt. Lorsque j'explique la raison de mon appel, il me répond d'un ton un peu bourru qu'ils ont déjà trouvé quelqu'un et que l'annonce dans le journal n'est plus bonne.

Après plusieurs téléphones, totalement découragée, je suis certaine que je ne travaillerai plus jamais de ma vie. Certains endroits ont déjà comblé le poste, d'autres demandent un diplôme en secrétariat, sinon, le voyagement est excessif. Je suis vautrée dans mon divan rose ultradesign. C'est un cadeau que je me suis offert lorsque j'ai emménagé avec Jeanne. Il est rose fuchsia et il a une forme *ergonomique (*c'est ça que la vendeuse a dit, mais je ne sais pas vraiment c'est quoi, ergonomique). En tout cas, je suis dans mon divan et je contemple ma situation désastreuse. Je suis en train de me dire que ma vie est épouvantable quand je reçois un texto de Jeanne. « *5 -7 Edgar* ». Jeanne et moi, on a l'habitude de courir les 5 à 7, surtout le jeudi soir, soirée du 5 à 7 par excellence. On va partout. On a nos spots, les meilleures places dans les bars où on va souvent. Mais on aime ça en essayer de nouveaux. Et si on en trouve un vraiment l'fun, on en fait notre quartier général... Jusqu'à ce qu'on en trouve un plus cool. Maintenant que le bar de Phil est un lieu à éviter absolument, il faut qu'on se trouve une nouvelle place!

Mais là, je suis pauvre et je n'ai plus de travail. C'est pas comme ça que je vais améliorer ma situation... Bof. Tant qu'à être pauvre et triste, vaut mieux se saouler aux cosmos! Je saute dans une robe piquée dans la garde-robe de Jeanne, parce que ma garde-robe à moi, elle est pas très hot, et je vais la rejoindre.

***

Une autre journée se lève et je suis en train de boire mon bol de café latte au chocolat, crème fouettée avec du caramel salé (ben quoi, faut se gâter dans la vie, surtout quand on fait pitié comme moi!) en réfléchissant à mon triste sort quand Jeanne entre dans la cuisine, habillée, maquillée et prête à partir pour une journée trépidante dans son espace-loft. Elle est toute fraîche, même si hier, on a fêté pas mal chez Edgar. Je ne sais pas comment elle fait. Elle se fait un café espresso et elle prend un croissant de la boîte à pain. Elle prend place à mes côtés et elle mord dans le croissant en regardant le vide. Le matin, on ne jase pas beaucoup Jeanne et moi. Je ne suis pas une personne du matin. Je ne comprends pas les gens qui sont de bonne humeur le matin. On dort si bien et on est obligé de se sortir de son confort pour aller gagner de l'argent, pour pouvoir se lever encore demain matin pour aller encore gagner de l'argent. Juste le principe a de quoi nous faire rager! Et le pire de tout, c'est se faire demander, quand on a encore les yeux collés si on a bien dormi! Qu'est-ce que ça peut faire qu'on ait bien dormi ou pas? Et si on répond *non*, l'autre personne, elle va dire quoi? Toujours est-il que ce matin, les yeux de Jeanne se posent sur la page des petites annonces de la veille, celle où j'ai entouré, surligné et raturé. Elle me demande :

−T'as tout regardé? T'es sûre qu'il n'y a rien pour toi là- dedans?
−Oui, j'ai appelé partout, personne ne veut de moi.
−Regarde, ils cherchent une femme de ménage, ça te tenterait pas de faire ça, ça doit être relax et pas vraiment difficile.
−Non, j'ai pas trop le goût de faire du ménage chez les autres, déjà que j'aime pas en faire chez nous. En plus, ça m'écœure de laver les toilettes.
−Je comprends Emma, mais il va bien falloir que tu travailles quelque part et tu trouveras peut-être pas quelque chose que tu aimeras tout de suite. Mais en attendant, ça pourrait te dépanner et tu pourrais me rembourser les trois mois de loyer que tu me dois... Tiens!! Écoute. Ça dit « *Sexy, attirante, me déplace et reçoit. Spécialité : jeux. Discrétion garantie* ». Tu pourrais te faire une annonce comme ça, je suis certaine que tu gagnerais plein d'argent!
 −Ben oui! Ah! Ah!
−Hey?? Ça, c'est pas pire pour vrai: « *Distinguée, élégante, cultivée. Disponible pour sorties, 5 à 7, réceptions, soirée d'amis. Pas de sexe* ». Avoue que pour une célibataire, c'est une pas pire job. Pas de sexe, juste des rendez-vous, tu peux sortir tous les soirs, rencontrer pleins de gens intéressants, aller dans de bons restos, des bars branchés, à l'opéra, et tout ça, gratuitement! J'dirais pas non, moi!

Sur ce, Jeanne se lève et va déposer sa vaisselle du déjeuner dans l'évier. Ensuite, elle part à la recherche de ses clés et de son cellulaire, avant de me crier au revoir et de sortir de l'appart en coup de vent.

Je prends la page des petites annonces et je relis celle dont elle vient de parler. J'avoue que ça a l'air le fun. Jeanne a raison, ça doit être du plaisir tous les jours et pas d'engagement. Soudain, un éclair de génie traverse mon esprit. Jeanne ne le sait pas encore, mais elle vient de me trouver un emploi absolument parfait! Accompagnatrice de soirée! C'est génial!

J'aime mon nouveau titre et déjà, j'ai la tête pleine de toutes les belles sorties que je vais faire, de tous les beaux vêtements que je vais devoir m'acheter et de tous les hommes intéressants et peut-être riches que je vais rencontrer. Peut-être même que je pourrai trouver un mari comme Pierre-Olivier moi aussi et avoir ma maison à St-Lambert?

J'ai un sourire tellement grand, ce matin-là! Je file dans la douche, je me maquille un peu et je sors de la maison. Je suis en feu! Ça doit être ma nouvelle carrière! À moins que ce ne soit le mélange de caféine, chocolat et caramel?

Première direction : le centre-ville. Je veux des rendez-vous avec des jeunes hommes branchés et riches, alors je dois avoir un style qui va attirer les jeunes hommes branchés et riches. Mais je ne suis pas distinguée et je n'ai pas vraiment de classe, alors je dois me composer un look de travail. Je me dirige vers l'ouest, je vais chez Holt Renfrew, espionner les clientes riches et piquer leur façon de se comporter et observer leur style.

Je marche sur la rue Sherbrooke. Je passe devant le musée des beaux-arts. Tiens, il faudrait bien que je vienne ici, un jour. Ça a l'air classe aller au musée. Il me semble que les gens qui vont au musée ont plein de culture et qu'ils savent toujours de quoi parler. Ils disent genre *«j'ai vu l'exposition de X et il y avait tant d'énergie dans son art. Comparable à son exposition à Barcelone, blablabla...»* Je dépasse le musée et j'aperçois le Ritz Carlton. J'aimerais entrer à l'intérieur. Je crois que dormir une nuit coûte plusieurs centaines de dollars. Mais j'ai regardé des photos sur Internet et ça a l'air trop malade comme hôtel! Ça ressemble au château de Versailles! (Je ne suis jamais allée au château de Versailles, mais je suis certaine que ça y ressemble). Mais je vois qu'ils sont en train de convertir l'hôtel en condos de luxe. Je n'aurai jamais la chance de voir cet hôtel... Et juste à côté de là, le fameux magasin, Holt Renfrew. J'ai toujours rêvé d'entrer là. Quand j'étais plus jeune, avec France, ma mère, on se disait qu'un jour on irait.

On s'habillerait bien et on ferait semblant de magasiner On essaierait plein de vêtements, en laissant tout derrière nous et en regardant les vendeuses snobs de haut. Hum. Je m'ennuie de ma mère. Quand mon père est mort, elle est devenue dépressive. Ça fait plusieurs années déjà, mais elle vit comme s'il était encore avec elle. Elle parle à sa photo. Elle a conservé tous ses vêtements dans sa penderie, à côté des siens; c'est tout juste si elle ne met pas son couvert à table. L'ambiance chez ma mère est trop lourde, c'est déprimant et triste. À chaque fois que je vais la voir, je ressors de chez elle avec l'impression que j'étouffe. Et j'en ai pour des jours à me sentir à l'envers. Alors depuis quelque temps déjà, je n'y vais plus.

J'entre dans le magasin comme on entre dans une église, pas très sûre de moi et avec un énorme respect. Je suis certaine que ça paraît que je ne suis pas riche pour vrai. Je me demande si les vendeurs peuvent me dire de partir? J'avance un peu, je regarde autour de moi. C'est quand même un magasin. C'est public, non? J'ai donc le droit d'être ici, même si je ne suis pas riche. Je passe devant la boutique Hermès et je jette un coup d'œil aux mythiques carrés. C'est le summum de la classe! Par contre, je dois me contenter de les regarder par-dessus la vitrine, parce que la vendeuse a fait semblant qu'elle ne m'a pas vue et elle fait aussi semblant d'être très affairée à une tâche quelconque. Elle ne s'occupe pas de moi. Je ressors de la boutique Hermès et je me dirige vers les souliers. Il y a des Manolo Blanhik. Je ne pensais pas qu'il y en avait des vrais à Montréal! Je pensais qu'ils existaient juste dans Sex and the City! Je suis toute énervée. Ça a l'air trop cool être riche!

Je marche dans le magasin comme un robot. Si je voulais passer inaperçue, c'est raté. Je suis certaine que tout le monde a remarqué mon air béat. Je ne dois pas sembler très intelligente. J'entre dans la boutique Chanel, mais je ressors tout de suite, parce que je suis trop gênée quand la vendeuse me demande ce que je veux. Ça ne sert à rien, je n'ai pas l'aisance de faire semblant d'être riche. Je prends le chemin inverse pour sortir du magasin. Je passe devant les étalages d'Hugo Boss. En me retournant, j'aperçois un homme qui regarde les cravates. Il a l'air parfaitement à l'aise. Je suis certaine qu'il achète tous ses vêtements ici. C'est comme ça qu'il faudrait que je sois, si je veux être convaincante dans mon nouveau travail. Il faut que j'aie l'air à l'aise.

Je suis en train de l'espionner absolument pas subtilement, c'est-à-dire plantée debout devant lui, quand il lève la tête et me sourit. Il me demande :

-Laquelle je devrais choisir? Pour aller avec cette chemise?
-Euh...
-Je m'appelle Hubert. Et vous?
-Euh... (Merde, je ne suis pas capable d'ouvrir la bouche! Il va penser que je suis demeurée).
-Vous avez de la jasette! Je suis avocat. Je travaille pour un cabinet pas loin, dans Westmount. Vous faites quoi dans la vie?

Soudain, je ne comprends pas comment c'est arrivé, mais je prends de l'assurance, et je suis capable de dire, de façon parfaitement audible :

-Je suis accompagnatrice de soirée. Je peux vous accompagner où vous voulez et prétendre être qui vous voulez!

J'ai dit cette phrase avec une fierté que je ne me connaissais pas. Moi! Emma, j'ai un travail cool!

-Très intéressant comme job. Et vous avez une carte,

au cas où j'aurais besoin de vos services?
-Euh... (Oh! Oh! Ça recommence...)
-Vous avez un nom?
-Victoria! (Ça fait chic, non? Et puis, je ne vais pas donner mon vrai nom à mes clients, je pourrais tomber sur un fou qui essaierait de me retrouver sur Facebook et qui voudrait me couper en petits morceaux)
-Eh! Bien, Victoria! Je n'ai pas besoin de vos services pour moi-même, mais il est possible qu'un de mes bons amis vous contacte. Je crois même qu'il pourrait être un très bon client. Vous avez un numéro?

Je dicte mon numéro à Hubert tandis qu'il le met directement dans son Blackberry avant de me saluer, et de continuer de regarder les cravates. Je ne suis pas certaine que l'ami d'Hubert m'appellera, je ne suis même pas certaine qu'il existe un ami pour vrai, il voulait sûrement juste se débarrasser de moi poliment. J'ai été nulle! Je ne pouvais même pas parler! Si je continue d'agir comme ça, jamais je ne vais avoir de clients! Qui veut présenter à ses collègues une fille qui ne peut même pas aligner deux mots. Aw! Et j'ai besoin de cartes d'affaires!

En sortant en trombe du magasin, j'envoie un texto à Jeanne. Elle n'est même pas encore au courant que j'ai une nouvelle carrière super classe! Je lui donne rendez-vous pour dîner dans un petit resto italien de la rue St-Laurent, près de son Espace-Loft. Il faut qu'elle m'aide!

Partie II

Pour devenir accompagnatrice de soirée, je dois m'organiser un peu. Je ne connais rien aux choses chics et je ne suis pas trop intelligente, donc la guerre au Pakistan et toutes les affaires de finances, je ne connais rien là-dedans. Je dois donc investir du temps dans ma formation. Première des choses, il faut que je rencontre une styliste. Jeanne me réfère la sienne (tiens, tiens, je savais bien qu'elle ne pouvait pas être si tendance sans un peu d'aide. Ça me rassure, ça réduit notre décalage de *tendancitude*). La styliste s'appelle Ann.

Ann arrive chez moi un matin à 9h00. Pour une styliste, je m'attendais à autre chose! Ann est petite, les cheveux blonds méchés. Elle porte un jean skinny bleu foncé, un long t-shirt blanc col en V et des bottes cavalières brunes. Elle a enfilé un trench beige par-dessus. Elle a de beaux bijoux. Elle a mis un emmêlement de plusieurs colliers, des longs et des courts et elle a une bague énorme en forme papillon sur le majeur. Elle a bien du style, finalement. Je suis contente, je pensais qu'il fallait être habillé comme Lady Gaga pour avoir du style! Toujours est-il qu'Ann se présente en me serrant la main (ouf, elle est petite, mais elle est forte, elle a failli me la casser) et entre dans l'appart avant même que je l'y invite, en me demandant où est ma chambre. Je lui indique du doigt et elle s'y rend, moi sur les talons. Lorsqu'elle entre dans ma chambre super bien rangée (j'avais fait le ménage avant qu'elle arrive, quand même) elle repère le placard. Elle l'ouvre et entreprend de le vider sur mon lit. Elle ouvre aussi mes tiroirs et me demande de sortir mes souliers, mes bijoux et mes accessoires pour les cheveux, mes parfums, etc. Je retire ce que j'ai dit. Déjà, je trouve que ça a l'air compliqué avoir du style.

Ann passe trois heures avec moi à revoir tous les vêtements que j'ai, à me faire essayer des choses et à m'observer, à me les faire essayer avec plein d'accessoires différents, des bijoux, des manteaux. Et à me dire quoi garder, quoi donner, quoi agencer avec quel collier. Elle me fait des listes de kits à mettre et on fait ensemble une liste des choses qui pourraient manquer à ma garde-robe. Ensuite, on part ensemble. Elle m'amène magasiner. Elle me montre ce qui irait avec ce que j'ai déjà, et elle me fait découvrir de nouveaux styles. Elle m'explique aussi ce que je dois porter pour quel genre de soirée. Par exemple, certaines personnes essaient de paraître trop sexy et elles ont l'air... pute. Ann m'apprend aussi qu'il vaut toujours mieux miser sur le classique quand on n'est pas certaine de quelle sorte d'habillement il faut porter. Avec le classique, on ne se trompe pas, paraît-il. Et il vaut toujours mieux être une coche trop chic que pas assez. J'adore ça, avoir une styliste! Quand je reviens à la maison, je n'ai plus de crédit disponible sur ma carte, mais je vais être habillée comme un mannequin. C'est un investissement professionnel nécessaire!

Le lendemain, je vais suivre un cours de bienséance. Je rencontre Madame Béatrice (elle insiste sur le *Madame*). Elle a environ 75 ans, mais en paraît beaucoup moins (ce doit parce qu'elle ne rit jamais, elle n'a pas de ride d'expression). Elle me montre de quelle façon on s'assoit avec classe, comment on se tient à la table, comment on se retrouve dans les dizaines d'ustensiles qu'il y a sur un couvert (moi je ne sais jamais quelle fourchette utiliser, j'y vais au hasard ou je prends celle qui me paraît la plus belle!). Elle m'apprend que le pain, même s'il est servi en premier ne doit pas être mangé avant le repas, il faut le garder pour le manger en même temps que le repas. Ce n'est pas pour nous faire patienter, comme j'ai toujours pensé. Et elle m'explique aussi que l'heure d'une invitation doit être respectée scrupuleusement. Si la personne nous invite à 17 h, il faut arriver à 17 h pile. Pas avant, car elle ne serait peut-être pas prête, ce ne serait pas respectueux. Mais pas après non plus, car ça envoie le message que l'invitation n'est pas assez importante pour être respectée et l'hôte pourrait avoir des choses sur le feu, par exemple, et le repas serait brûlé par notre faute. Oh! Lala! J'ai été impolie toute ma vie, moi qui ai toujours un dix ou quinze minutes de retard partout où je vais! Ah! Oui! Et Madame Béatrice m'explique qu'il faut toujours remercier l'hôte pour son invitation, en arrivant ou en quittant et lui donner un cadeau de circonstance. Pas la traditionnelle bouteille de vin, mais quelque chose de personnalisé. Et j'apprends comment me comporter avec les invités qui sont très importants. Il y a tout un protocole pour aller se présenter, pour s'adresser à eux. Par exemple, si le Premier ministre est dans la même pièce que moi, je ne peux pas aller le voir et me présenter et lui demander comment il va. Il faut que j'attende que lui veuille me parler. C'est un peu compliqué. Je ne réussis pas à tout retenir, mais je prends beaucoup de notes. J'ai plusieurs choses à lire avant d'aller à mes premiers rendez-vous avec des clients. Et si je réussis à me rappeler de tout ça, je vais être une vraie pro de la politesse et de la classe!

Ensuite, il faut que j'aie l'air d'avoir un peu de culture et de connaître l'actualité. C'est bien beau être polie et savoir quand sourire, mais quand quelqu'un nous parle, il faut bien savoir répondre si on ne veut pas avoir l'air nouille! Un gars que Jeanne connaît (elle en connaît du monde parce qu'elle fait des projets d'infographie, pour plusieurs compagnies alors elle se fait plein de contacts), c'est un professeur d'université et il fait des conférences sur la politique internationale. Il a l'air plate, mais il connaît tout ça, la politique, l'économie. Alors, il peut m'expliquer. Je lui donne donc rendez-vous au Lobby Bar. Je me dis qu'on pourra combiner apprentissage et dégustation de martinis. Déjà, c'est une mauvaise idée. Il arrive bien avant l'heure que je lui avais dite, alors moi, quand j'arrive à l'heure, c'est comme si j'étais en retard. Il est en habit gris, il a des lunettes rondes et pas de cheveux sur la tête. Il lit un journal, *Le monde diplomatique*. Je sens que la soirée va être longue. Il s'appelle Gordon. Je crois qu'il vient d'écosse ou quelque chose comme ça. Il est gentil, mais il parle beaucoup. Finalement, on commande chacun un martini. Lui commande un vrai, celui qui goûte fort, comme celui que boit James Bond, et moi, j'en commande un au chocolat. Pendant que nous attendons nos drinks, Gordon sort une énorme boîte d'en dessous de la table. Il l'ouvre et je vois qu'elle contient... des livres! Oh! Misère! Je ne pensais pas que je devrais lire! Je pensais qu'il allait tout me raconter! Au moment où je songe à me sauver, le serveur arrive avec nos martinis. La soirée me paraît déjà moins pire.

Gordon m'explique les rudiments de la bourse. Je ne comprends pas vraiment, mais j'écoute attentivement. Et ensuite, il me parle de ce qui se passe dans le monde. L'Irak, l'Afghanistan, la Corée, l'Afrique. Il me semble qu'on passe le monde au complet. Et après, il me parle de la politique canadienne et québécoise. Il m'explique tout. Il ne pourrait pas me donner plus de détails. Je suis étourdie par les détails! Et je ne vais rien retenir de tout ça!

Après, il me dit que si je veux me tenir au courant et pouvoir suivre n'importe quelle conversation, je dois consulter certains sites Internet tous les matins. Il me rédige une *petite liste de quelques sites intéressants*. C'est plutôt une liste interminable des sites les plus ennuyants. C'est des sites comme *Le Devoir, La Gazette* pour les nouvelles francophones et anglophones, ensuite, *The Wall Street Journal*, pour les finances, *Le Figaro, The Washington Post*, pour la politique, et il y en d'autres, ça ne finit pas. Il me prête aussi sa fameuse boîte de livres, qui contient des titres comme *L'état du monde 2010*, *La politique canadienne* et d'autres sujets assommants. Aw! Je me suis embarquée dans quoi, encore?

Je repars du Lobby non sans avoir remercié Gordon chaleureusement (il a quand même pris de son temps pour m'expliquer tout ça) et je repars sur la rue Mont-Royal avec ma *culture-in-a-box* comme diraient les Anglais. Je suis découragée. C'est trop difficile! Je ne serai jamais cultivée!

***

Partie III

J'ai mis une annonce dans les journaux d'affaires et sur Internet. Et ça marche! J'ai reçu un appel d'un gars qui travaille dans les communications et qui a un souper avec des représentants des firmes de communication à travers le monde. Le souper a lieu au Ritz Carlton et il a besoin de moi pour l'accompagner! Le Ritz! Mon rêve! L'hôtel est en train d'être transformé en résidences, mais ils ont conservé les salles principales, puisqu'elles sont historiques.

Comme première expérience, je ne sais pas si on peut dire que c'est une réussite. Premièrement, mon client et moi, on n'avait pas statué avant la soirée qui je devais être par rapport à lui. Alors quand les gens me demandaient qui j'étais et ce que je faisais dans la vie, j'étais embarrassée. Ensuite, j'ai tout oublié la partie du cours de Madame Béatrice sur les ustensiles et j'ai eu l'air totalement sans classe quand j'ai utilisé la petite fourchette, celle qui était juste à côté de l'assiette pour manger ma salade. Après, j'ai tassé les autres fourchettes près de mon assiette, pour ne pas que ça paraisse, mais je suis certaine que les invités qui étaient à côté de moi s'en sont rendu compte.

Aussi, quand je me suis levée pour aller à la salle de bain, j'ai failli emmener toute la table avec moi, la nappe étant restée coincée entre mes cuisses et la serviette de table que j'avais déposée dessus.

Quand mon assiette est arrivée, il y avait des petites choses rondes, comme des boules qui flottaient dans de l'huile. J'ai demandé à mon client ce que c'était. Quand il m'a dit que c'était des escargots à l'ail, j'ai tout fait pour les avaler sans que mon cœur ne lève. J'ai pris un escargot à la fois dans ma bouche en l'éloignant le plus possible de ma langue pour ne pas sentir sa texture, et je l'ai noyé dans une demi-coupe de vin pour l'avaler tout rond. Mon voisin, un français d'une cinquantaine d'années observait ma coupe se vider à une vitesse que j'ai devinée beaucoup trop rapide et il m'a contemplé d'un air bizarre tout le reste du repas. J'étais horriblement gênée! Mon premier client ne me rappellera sans doute jamais et ma carrière est sûrement finie!

Je suis couchée en petite boule sur mon lit en me disant que je suis la plus nulle des accompagnatrices de soirée, quand Jeanne entre dans ma chambre pour s'informer de ma soirée. Je lui raconte toutes les erreurs que j'ai faites.

-Je vais lâcher ma job, de toute façon. C'est poche, ça, être payée pour accompagner des hommes que je connais même pas et aller m'humilier au milieu du monde riche.

Jeanne ne dit rien. Elle se lève et va chercher un

crayon et un papier. Elle revient s'assoir sur mon lit à côté de moi et elle commence :

-Bon. Tu as fait des erreurs, c'était ta première soirée. C'est pas la fin du monde, et en plus, tu vas pouvoir tirer des leçons pour les prochaines fois. Tu n'étais pas assez préparée. À l'avenir, tu devras voir avec ton client qui il veut que les gens croient que tu es. Ensuite, tu devrais t'informer un peu sur son milieu de travail, sur sa compagnie, pour être capable de comprendre les discussions qui vont se dérouler et avoir une idée des personnes que tu vas rencontrer. Ensuite, etc. Etc.

Jeanne continue longtemps comme ça et elle fait une liste de toutes les choses que je devrais vérifier et préparer avant mes rendez-vous. Il y en a beaucoup! Je ne pourrai pas faire tout ça! C'est trop difficile être accompagnatrice de soirée.

***

Un mois plus tard, mon petit monde a changé et les affaires vont bien! Je travaille beaucoup! Jeanne avait raison, j'ai bien fait de continuer. J'ai des rendez-vous vraiment plaisants, et d'autres moins. Je suis sortie avec un monsieur d'environ 80 ans. Et il m'appelait *mon bébé* en me tenant par la taille. Ouach! Mais je suis aussi allée dans des clubs privés, avec des hommes d'affaires et je suis même allée dans un bal militaire avec un colonel. (C'est un grade assez élevé dans la hiérarchie militaire, je crois, mais je ne connais rien à l'armée). Quand on est entrés dans la salle de bal, il y avait une garde d'honneur avec des soldats qui avaient une arme dans les mains. J'ai eu une fleur et on a porté un toast à la reine. J'étais pas trop sûre, un bref moment, je m'attendais à la voir apparaître, mais elle n'y était pas. À un moment donné durant le repas, j'avais vraiment très envie d'aller à la toilette, j'avais bu beaucoup trop de cocktails avant le souper. Je me suis éclipsée discrètement et je me suis rendue à la salle de bain. Quand je suis revenue, mon client, le colonel, n'était pas content. Il a dit qu'on n'a pas le droit de se lever durant le repas, même pour aller aux toilettes! Je ne comprenais pas vraiment pourquoi on ne pouvait pas aller aux toilettes si on avait envie, mais comme c'est lui le client, je vais m'en souvenir pour la prochaine fois, si un autre militaire m'appelle.

J'ai aussi passé une fin de semaine à l'hôtel St-James et je suis allée au spa dans un congrès de représentants pharmaceutiques.

Et puis, je gagne pas mal d'argent. J'ai déjà pu rembourser tout ce que je devais à Jeanne et même m'offrir une nouvelle garde-robe en plus d'un sac à main Michael Kors, comme j'en avais toujours rêvé! C'est génial, ce travail, je me demande bien pourquoi je n'ai jamais pensé à ça avant! J'ai du plaisir tout le temps! J'ai juste à écouter les gens parler. Tous les gens aiment qu'on les écoute quand ils parlent. Alors même si on ne sait pas de quoi ils parlent, il suffit de les écouter, en les regardant bien (les gens se sentent écoutés quand on les regarde, c'est un principe de psychologie, je crois, mais je ne connais rien en psychologie), leur faire des sourires, et s'exclamer de temps en temps! Les gens adorent penser qu'ils sont drôles. Alors si en plus on rit de leurs blagues, même si elles sont plates, ils vont nous adorer! Et ils vont se souvenir de nous. Quand ils me posent des questions sur moi, je demeure évasive. Je ne donne jamais beaucoup de détails. Je leur demande plutôt de me parler d'eux. Si jamais je les recroise, je ne veux pas devoir me rappeler tout ce que je leur ai dit. Avec le client, nous établissons avant de partir un schéma de notre *relation*. La plupart des clients me présentent comme étant une *bonne amie*. Ça leur donne une allure de tombeur tout en restant dans le bon goût. Et puis, je fais une rapide recherche de leur milieu de travail sur Internet. Je me suis fait des favoris avec les sites de nouvelles et d'actualité comme LCN et RDI et je les survole avant de partir, pour être certaine d'être toujours au courant de toutes les nouvelles de l'actualité. Je suis une pro!

J'ai même eu un rendez-vous avec femme. Elle voulait que je fasse semblant d'être sa sœur, pour une réunion dans la famille de son fiancé. Elle se marie avec un homme assez distingué, paraît-il et sa famille à elle vient des bas fonds de je ne sais où, mais elle m'a dit que si elle présentait ses parents à sa future belle-famille, ils ne voudraient pas que leur fils l'épouse. Elle m'a donc fait venir pour que je fasse semblant que j'étais la seule membre de sa famille. La complicité avec ma cliente était vraiment différente de ce que j'ai comme lien avec mes clients masculins. On a pris un café avant, histoire de se situer dans notre histoire *familiale*. Les noces étant bientôt, on a prétexté que je devrai être en Europe durant plusieurs mois. À Bruxelles, en fait pour mon travail d'attachée diplomatique au quartier général de l'OTAN (ça fait sérieux, hein?) et donc, je ne pourrai pas assister au mariage. Non, mais quelle histoire! Je suis une comédienne. Je change de peau tous les soirs et c'est ça que je trouve excitant dans mon travail!

J'ai acquis de l'assurance et maintenant, j'entre dans toutes les boutiques sans être timide. C'est d'ailleurs en m'admirant devant le miroir chez Ogilvy, une superbe paire de lunettes Kate Spade sur le bout du nez que je reçois l'appel de Bruno Boivin.

-Allo?
-Est-ce que c'est Victoria?

-Oui, c'est elle-même. (Ah! Quelle assurance, hein?)
-Bonjour. Je m'appelle Bruno Boivin. Je suis un ami d'Hubert, je crois que vous vous êtes croisés au centre-ville il y a quelques semaines. Ça vous dit quelque chose?
-Oui, tout à fait. (Il avait vraiment un ami, finalement!)
-Je crois avoir besoin de vos services. En fait, ce serait pour un contrat à moyen terme, si vous faites ce genre de choses. Seriez-vous disponible pour que je vous expose mon idée? Ce soir 20 h? Je vous texterai l'adresse du resto.
-Excellent, j'y serai.

Voilà le travail! Pas plus compliqué que ça!

C'est ainsi que j'ai fait la rencontre de celui qui est devenu mon ami Bruno. Bruno est vice-président d'une compagnie de promotion immobilière très importante, GBF Immobilier. Il vient d'une famille puissante dans le domaine immobilier. Bruno est un homme de taille moyenne, qui a une épaisse chevelure noire coupée en léger mohawk tendance. Il a des yeux rieurs et est une personne de bonne humeur, malgré que les responsabilités semblent lui peser. C'est lorsqu'il m'expose sa situation personnelle que je commence à comprendre quel genre de pression il subit. Bruno est gai, mais son père est très conservateur, donc pas question que ça se sache. Bruno est convaincu que son père serait d'avis que ça pourrait nuire aux affaires. Présentement, sa compagnie est en voie de vendre un lot de terrains à un entrepreneur en bâtiment pour développer un projet de maisons de luxe écoénergétiques et ils essaient de charmer les partenaires potentiels (je crois bien que c'est ça du marketing, mais je ne connais rien en marketing) en organisant entre autres, des réceptions et des dîners d'affaires pour cet entrepreneur, pour qu'il choisisse d'investir avec GBF Immobilier. Et Bruno devra se présenter avec sa conjointe à quelques reprises. Donc, il m'a demandé d'être sa conjointe durant l'opération charme et jusqu'à la signature du contrat. Génial! Il est super gentil, drôle, et en plus il est gai donc aucune crainte qu'il essaie de me soutirer un *bonus* en cours de contrat!

Les premiers rendez-vous avec Bruno se déroulent très bien. Je rencontre ses collègues, et par la même occasion, ses parents, puisque son père est aussi son patron. Gilbert Boivin est un grand monsieur imposant. Il a une grosse voix, et peut nous faire sentir bien ou mal d'un seul regard. Il ne parle pas pour rien dire, il économise ses mots, mais semble toujours être très attentif à tout ce qui se passe et tout ce qui se dit autour de lui. On dirait que rien ne lui échappe. Il est puissant et connu dans le monde de l'immobilier et celui de la finance, car GBF Immobilier est inscrite en bourse.

Parmi les employés de GBF, il y a Maître Leclerc, le notaire qui travaille pour la compagnie. C'est un très beau gars, qui doit avoir mon âge. Il a l'air d'un joueur de football d'une université américaine. Il semble tout droit sorti de Yale avec ses pulls de laine et ses chemises à carreaux fins. Il est blond et ses yeux sont très bleus. Je suis certaine que ma mère dirait que c'est un bon parti, si elle le voyait. Il y a aussi Eva Toledo, l'assistante personnelle du père de Bruno. C'est une beauté! Elle a l'air d'avoir aussi mon âge. C'est une avocate brésilienne, qui est venue faire une spécialisation en immobilier au Canada. Apparemment, elle devrait repartir éventuellement, puisque selon Bruno, son visa de travail était valide pour six mois lorsqu'elle a été engagée par la compagnie. Eva a beaucoup de classe et de grâce. Il paraît qu'elle a gagné un concours de miss Brésil ou un truc du genre à quelques reprises. Je ne veux pas médire, mais il me semble qu'avec un salaire d'assistante, on ne peut pas se payer les diamants qu'elle a aux oreilles. Elle doit fréquenter quelqu'un d'important.

Je rencontre aussi les partenaires potentiels. Le propriétaire de la compagnie de construction EcoHabit, Domenico Razzio, n'a pas l'air très vieux, début quarantaine je dirais. Il semble être important lui aussi. Il y a toujours plein de gens autour de lui et dès qu'il parle, tout le monde écoute. S'il veut quelque chose, plusieurs personnes courent pour le servir. Il paraît que le contrat entre les deux compagnies sera signé principalement à cause d'Eva. Domenico est un ami de sa famille au Brésil. Ils se connaissent depuis qu'ils sont jeunes, je crois ou quelque chose comme ça.

Un dimanche, il y a un dîner dans la famille de Bruno. Comme ses parents me pensent être sa blonde, il a bien fallu qu'il m'amène. La maison des Boivin est extraordinaire. Elle est située à Westmount dans le

Summit Circle et elle est gigantesque. Elle date du début des années 1900 et la décoration semble être de cette époque aussi. Je ne connais rien à la décoration, mais j'ai peur de salir les fauteuils Louis-quelque-chose en m'assoyant dessus. Quand je vais à la salle de bain, je nettoie tout bien comme il faut avec une serviette avant de sortir, car tout brille comme un sou neuf et je ne voudrais surtout pas défaire le ménage! Je rencontre les deux frères de Bruno et leur sœur Virginie, avec ses enfants. Tout ce beau monde est très gentil et je me sens tout de suite à l'aise avec les gens de sa famille. Moi qui n'ai pas de famille, à part ma mère, c'est cool d'être avec eux. On mange plein de bonnes choses, et on boit des bonnes bouteilles. Même si je ne connais rien au vin, je sais que c'est des bonnes bouteilles, car elles viennent de la cave de monsieur Boivin et qu'il ne doit pas acheter du mauvais vin. Ils me traitent tous comme si je faisais partie des leurs depuis tout le temps. Ils sont très chaleureux. À l'exception de Gilbert, qui est plus froid et distant avec moi.

La mère de Bruno, Marthe est une petite femme très belle, qui prend soin d'elle-même. Elle s'habille avec goût et elle sourit souvent. Elle est active, elle fait partie d'un groupe de femmes avec qui elle fait du sport, des sorties culturelles et des voyages organisés. Marthe et Gilbert ont l'air de s'aimer, mais ils ne sont pas proches physiquement l'un de l'autre. De tout le temps que je suis là, ils ne se touchent pas et ils ne s'assoient pas un à côté de l'autre pour le temps du repas. Peut-être que c'est comme ça dans les familles riches. Peut-être qu'on ne montre pas notre affection?

Bruno et moi non plus on ne se colle pas, mais dans notre cas c'est normal, ce n'est pas mon chum pour vrai.

Quand on est dans l'auto de Bruno, sur le chemin du retour, je me dis que je vais vraiment aimer ce contrat et ce client. Il me ramène chez moi quand il me demande si j'ai le goût d'aller prendre un café avec lui, *hors contrat*. Comme amis. J'accepte avec plaisir, car je n'ai rien de prévu et je suis certaine qu'on pourrait facilement devenir amis, lui et moi.

On passe tout le reste de l'après-midi à jaser de tout et de rien, à se raconter notre vie de long en large, et cette fois, je ne lui cache rien. Je lui dis mon vrai nom et il dit qu'Emma, c'est bien plus beau que Victoria!

En quittant le café, on fait un détour au parc Lafontaine et on s'étend dans l'herbe devant l'étang. On s'arrête un moment pour observer les familles, les gens avec leur chien, les vieillards qui sont assis sur un banc, les sportifs avec leur vélo et on joue à deviner ce que peut être leur vie, ce qu'ils font là. C'est vraiment spécial, parce que Bruno et moi, on a les mêmes idées sur des gens qu'on ne connait pas. Tout le temps!

Après notre escapade au parc Lafontaine, Bruno vient me reconduire à l'appart et je le fais monter. J'ai envie de le laisser entrer dans ma vie. Je veux qu'il voie où j'habite, moi qui connais déjà les aises de son super condo du Vieux-Montréal depuis longtemps. *On* a reçu des collègues à quelques reprises chez lui. Il a même acheté une brosse à dents et quelques trucs de filles qu'il laisse traîner dans *notre* chambre et dans la salle de bain. La première fois qu'on a reçu des gens chez lui, il fallait que j'aie l'air d'être chez moi. Bruno m'a donc fait fouiller dans toutes les armoires, dans le frigidaire et dans le bar, pour trouver où il mettait quoi. J'étais inquiète parce que je savais que plusieurs de *nos* invités étaient uniquement anglophones et que je ne parle pas vraiment anglais. Pas grave, je me suis rappelé les conseils de Madame Béatrice. Sourire, toujours, et offrir à boire aux invités. Quand les gens ont à boire, ils se sentent bien servis et moi, ça me donne une contenance. Pendant que je suis en train de les servir, je ne suis pas disponible pour jaser. J'avais mémorisé la phrase *Would you like something to drink* et je l'avais pratiquée devant le miroir avec différents sourires. Finalement, je crois que j'ai eu l'air limite attardée mentale puisque j'ai passé la soirée à demander à tout le monde «*Would you like something to drink* »?» et à sourire bêtement quand les gens me posaient une question que je ne comprenais pas.

***

Un soir, alors que Bruno et moi on sort du cinéma, mon portable sonne. C'est pour un contrat. Mon client s'appelle Julien, c'est un joueur de hockey du Canadien. Ayoye! Je vais sortir avec un joueur de hockey! Peut-être même qu'on va tomber en amour et que je vais me marier avec lui! Et on aura une maison à St-Lambert et des enfants! Wouhou! J'ai hâte de le rencontrer. On a rendez-vous la semaine prochaine pour aller souper ensemble et là, on va établir les normes de notre contrat.

***

Après le dimanche avec la balade au parc et tout, quelque chose a véritablement changé entre Bruno et moi. On est devenus amis. Les rendez-vous suivants sont devenus franchement plus intéressants. J'étais beaucoup plus moi-même et on n'avait plus à inventer lorsqu'on parlait de ce qu'on avait fait de notre fin de semaine ou de la veille, puisqu'on passait vraiment beaucoup de temps ensemble. Il m'accompagnait même dans les barbecues de banlieue chez Florence et Pierre-Olivier.

C'est d'ailleurs dans un de ces fameux barbecues qu'on s'est rendu compte que notre plan n'était pas infaillible. Depuis que j'avais surpris Phil, mon ex, avec Stella, la shooter-girl, j'étais désespérée de trouver quelqu'un avec qui faire ma vie. J'avais 27 ans. J'étais déjà vieille fille depuis deux ans selon ma tante Gisèle. En tout cas, j'étais étendue sur une chaise longue dans la cour de Flo à me faire bronzer. (Je sais, c'est dangereux le soleil, mais j'me trouve trop pâle). Et je me plaignais.

-Ah! Moi aussi je veux une belle maison et des enfants comme toi. Et un mari qui me sert un cosmo pendant que je lis le Vogue sur le bord de ma piscine. T'as tellement une belle vie, tu t'en rends pas compte!

-Si tu savais ce que je donnerais des fois pour avoir 15 minutes pour prendre une vraie douche, me maquiller, me coiffer et pouvoir mettre des vêtements qui vont rester propres plus d'une demi-heure, sur lequel aucun enfant ne viendra se moucher ou vomir et comme j'aimerais ça pouvoir sortir, juste un soir. Aller souper au centre-ville, boire deux, trois cocktails avec des amies comme avant. C'est l'fun ma vie, c'est vrai, mais profites-en pendant que tu n'as rien de tout ça. Quand tu seras à ma place, tu vas être contente d'avoir profité de ta vie avant. Et puis, t'es pas vraiment à plaindre. Ça doit pas être plate de se faire sortir tout le temps comme ça et d'être payée en plus!
-C'est vrai, c'est pas plate. Mais penses-tu que ça va m'arriver un jour de trouver un homme qui va m'aimer?
-C'est sûr, voyons! J'irai te visiter dans ta maison pendant que tu auras les mains pleines de bébé et que moi, je pourrai respirer enfin!

Pierre-Olivier sort sur le patio au même moment, un verre de Ricard à la main :

-Justement, Em, y'a un gars dans mon équipe de hockey, j'suis sûr que vous vous entendriez bien. J'ai pensé l'inviter à notre prochain barbecue, vous pourrez jaser. Il est notaire, c'est peut-être un peu assommant pour toi, mais il est spécialisé dans l'immobilier, Bruno et lui pourront discuter, ça te fera une raison de les présenter l'un à l'autre, et par la même occasion de t'immiscer dans la conversation. T'es bonne là-dedans, en plus, t'immiscer dans la vie du monde!

Il est comme ça, Pierre-Olivier. Il fait toujours de l'humour. Mais un genre d'humour qu'on n'est pas trop sûr si c'est une blague. Je pense que le bon mot c'est *ironique* (ou *sarcastique*, je sais plus!), mais je ne connais rien à l'humour, moi, je ne suis pas drôle.

-Ah! Oui? Tu penses? Un notaire?
-Clément est un notaire cool. C'est un très bon parti. Le genre que toutes les belles-mères aimeraient pour leur fille.

C'est ainsi qu'au barbecue suivant, Bruno et moi on débarque à St-Lambert. J'ai fait un effort côté habillement, pour le supposément beau Clément. J'ai mis mes ballerines vertes que j'ai achetées à Paris, quand ma mère m'a emmenée après le décès de mon père. J'ai mis aussi un foulard orange et blanc dans mes cheveux, qui fait ressortir le roux de mes cheveux et mes yeux verts. Tout le monde me dit que j'ai l'air en forme quand je le mets. J'ai un top mauve et un jeans skinny noir. Je suis tout à fait prête pour rencontrer Clément. Florence et Pierre-Olivier lui ont déjà parlé de moi, il est donc prêt lui aussi à me rencontrer, même s'il ne faut pas qu'on paraisse trop intéressés l'un à l'autre, pour ne pas avoir l'air désespérés (C'est comme ça les blind-dates apparemment, mais je connais rien là-dedans, c'est le premier et le seul que j'ai eu).

Toujours est-il que quand on arrive, Florence nous présente aux invités que nous ne connaissons pas encore, la plupart des invités étant souvent des voisins ou amis que nous revoyons à chacun des rassemblements. Quand Florence nous amène vers Clément, elle nous voit figer tous les trois instantanément. Surtout quand elle nous présente comme étant Emma et son ami Bruno. Clément le notaire est le même notaire qui travaille pour la compagnie de Bruno. Je le connaissais sous le nom de Maître Leclerc, voilà pourquoi je n'ai pas cliqué avant. Et lui, il me connaissait sous le nom de Victoria. Il n'aurait jamais pu se douter, même s'il avait fait un gros effort d'imagination, que son blind-date ce jour-là serait la fausse fiancée de son patron gai!

L'après-midi se déroule avec un petit malaise. Jusqu'à ce que Bruno offre un cigare à Clément et qu'ils aillent discuter de ce qui se passe. Bruno explique sa situation familiale et lui parle de notre petite entente. Il lui dit que nous sommes très amis et que je fais ça pour lui rendre service uniquement le temps de signer le gros contrat. Clément, peu convaincu du fondement moral de cette entreprise comprend toutefois la situation dans laquelle Bruno se trouve. Il vient donc me rejoindre et entame la discussion, un peu timidement. Il me spécifie ce jour-là que même s'il n'approuve pas vraiment le plan, il nous donne sa parole qu'il gardera notre secret pour lui et qu'il ne dévoilera pas notre fausse relation à Bruno et à moi.

À la fin de la soirée, je repars avec Bruno, et aussi avec une invitation à souper avec Clément le lendemain. Une vraie invitation pour moi en tant que moi, pas pour Victoria! Moi, Emma, j'ai une invitation!

C'est de cette façon que Clément et moi, on commence à se fréquenter. C'est un peu bizarre quand j'accompagne Bruno dans des dîners de travail et que Clément est présent. En fait, on trouve la situation cocasse et après, on va boire un verre tous les trois ensemble en riant des quiproquos qui auraient pu survenir durant le soir. On aime bien sortir ensemble et souvent, on invite Jeanne à se joindre à nous et on lui raconte nos aventures de la soirée, en sirotant tous les martinis de la carte et en les comparant. Mon préféré, c'est toujours celui au chocolat, avec de la liqueur Godiva dedans!

***

La semaine suivante, j'ai un contrat pour accompagner un homme à l'opéra. Ah! L'opéra! Je mets une robe longue et des gants aux coudes. J'enfile aussi mon collier en cristaux Swarovski, que m'a donné ma grand-mère, lorsque j'étais petite. Elle m'avait dit que c'était pour mon mariage. Mais comme je ne me marie pas et que ça n'a pas l'air d'être dans les plans, je me dis que je ne vais quand même pas le regarder vieillir dans une boîte de souliers!

Mon client s'appelle Winston. Il est un peu vieux, je dirais la cinquantaine. Il porte du Armani et il a une limousine. Il est venu me chercher et nous sommes en direction du Centre-ville. J'ai très hâte d'aller à l'opéra.

Nous sommes dans le lobby de la Place des arts, où nous attendons le signal pour rejoindre nos sièges. Je suis un peu déçue. Il y a beaucoup de personnes âgées, ici. En fait, la plupart des spectateurs sont des vieux. Bof, tant pis. Je vais profiter du spectacle alors qu'est-ce que ça peut faire si je suis entourée de veilles personnes?

Le signal que le spectacle va commencer très bientôt se fait entendre et Winston et moi rejoignons notre loge. Les lumières s'éteignent, le rideau s'ouvre et une dame apparaît sur scène. Elle se met à chanter. Ah! L'opéra! C'est si beau! En langue étrangère! Je ne comprends pas ce que ça veut dire, mais on peut ressentir l'émotion dans la voix de la chanteuse. Je suis certaine qu'elle raconte une histoire d'amour impossible. J'adore la culture, c'est si... culturel!

Après environ trois heures (euh, une heure) de plaintes en Italien, je commence à avoir sérieusement hâte que le spectacle finisse. Premièrement, je ne comprends rien. C'est quoi l'intérêt de regarder une histoire qu'on ne comprend même pas? Et aussi, j'ai vraiment, mais vraiment envie d'aller aux toilettes. Et puis entendre les chanteurs lyrer comme ça me tape sur les nerfs. On dirait qu'ils ont mal quelque part, c'est très désagréable.

Heureusement, je n'ai pas à patienter trop longtemps, le rideau se ferme et tout le monde se lève et applaudit. Enfin, on va sortir d'ici! Je me précipite presque vers la sortie lorsque Winston me dit qu'il veut me présenter à des amis à lui. Nous sortons dans le lobby de la salle et je fais des yeux le tour de l'endroit pour trouver l'emplacement de la salle de bain. Je la trouve, elle est au fond. Je m'excuse à Winston et lui dis que je vais le retrouver à la même place dans quelques instants. Il m'excuse sans problème et se met à discuter avec des hommes et des femmes qui sont aussi vieux que lui. Je me dirige avec peine vers les salles de bain, étant donné que mon envie m'empêche de marcher de façon détendue. J'y suis presque, lorsque je m'aperçois que la salle de bain des dames est occupée et qu'une file d'attente interminable s'allonge devant la porte. Oh! Mon Dieu! Je ne pourrai jamais attendre aussi longtemps. Je suis indécise. Qu'est-ce que je fais? Si je vais au bout de la file, c'est certain qu'il y aura un accident. Je fais le constat que la salle de bain des hommes est vide. Je réfléchis quelques instants, mais ça ne me prend pas longtemps pour me diriger vers la toilette des hommes. Ça ne prendra que deux minutes, c'est l'affaire de rien. Je passe donc devant la file des dames en les regardant toutes avec un air de victoire. Et je pousse glorieusement la porte de la salle de bain des hommes. Au même moment, un homme sort. Nous nous croisons. Lorsqu'il me voit entrer, il me dit:

-Mademoiselle, vous vous êtes trompée de salle de bain. Celle des femmes est à côté.
-Non, je ne me suis pas trompée. Elle est occupée. Je viens ici à la place.
-Non, vous ne pouvez pas.

Je suis impatiente. J'ai tellement envie, je ne pourrai pas tenir très longtemps. Il faut vraiment que j'y aille, c'est une question de secondes. Je bouscule donc légèrement l'homme en question et je m'engouffre dans la cabine de toilette. Je lève ma robe avec peine et m'assieds sur le siège. Oh! Merci! J'avais bu beaucoup d'eau et de vin avant le spectacle et je suis immensément soulagée de me délester de tout ce liquide!

Cela ne prend que quelques minutes et lorsque je

ressors de la cabine, je suis très surprise de trouver deux hommes qui travaillent à la sécurité de la Place des arts dans la salle de bain. Ils sont là pour m'escorter à l'extérieur de la pièce. Puisque j'ai terminé, je les suis, mais je suis insultée que la sécurité soit venue me chercher pour ça. Franchement! Je ne suis pas une violeuse de vieux monsieurs, j'avais juste envie de pipi! C'est très humiliant de ressortir de la salle de toilette accompagnée de deux agents de sécurité. Et encore plus de m'apercevoir que toutes les femmes que j'ai regardées de haut, tout à l'heure, m'observent avec intérêt, un air de victoire sur leur visage. Chacun son tour, j'imagine!

Winston m'attend à la sortie de la salle de bain. Il est très fâché. Comme il est gentleman, il n'en laisse rien paraître, mais il me glisse à l'oreille qu'il n'aurait pas pensé sortir avec une personne moins mature que sa fille. Pffff! Pour qui il se prend! C'est quoi le problème d'aller à la salle de bain des hommes quand on est une fille? Où est le mal? Je ne comprends pas!

De toute façon, j'imagine qu'on rentre à la maison à l'heure qu'il est! Je demanderai à Jeanne son opinion sur tout ça, pour voir si c'est juste moi qui ne comprends pas.

C'est à ce moment que Winston me dit, en m'entraînant, vers la salle de spectacle :

-Crois-tu qu'on sera capables d'écouter le deuxième acte sans que la sécurité vienne te chercher?

Quoi? C'est pas fini? Le spectacle continu?

Quelques minutes plus tard, en entendant les chanteurs hurler en italien comme si quelqu'un venait de leur arracher les dents, je regarde les têtes des spectateurs qui sont en bas de la loge où je me trouve avec Winston et à ce moment, j'ai vraiment envie de sauter en bas. Juste pour voir. Je gage que je mourrais même pas.

***

Je continue de sortir régulièrement avec Bruno, avec Julien aussi, le joueur de hockey et avec plusieurs autres clients, pour la plupart, des hommes de passage à Montréal qui veulent seulement avoir une accompagnatrice pour une soirée. Des fois, il y a des clients qui rappellent pour plus d'une sortie. Ils sont tous très gentils, très respectueux et ils me payent vraiment bien.

Inévitablement, chaque année, le mois de décembre arrive, avec la neige, le froid (ouach!) les trous à pelleter dans la rue pour mettre son auto (je n'ai pas d'auto, mais je plains ceux qui doivent se creuser un trou pour la leur). Moi, j'aime pas l'hiver. Et en plus, avec l'hiver, vient Noël! Pour moi, c'est une fête poche où on est obligé d'aller voir notre famille, les matantes et les oncles qu'on voit une fois par année et qui nous demandent comment ça on n'est pas encore mariée, on n'a pas encore d'enfant et qui nous disent que dans leur temps, à 25 ans, si on n'était pas mariée, on était vieille fille et blablabla... Bref, moi Noël, j'aime pas ça. À part pour me promener sur la rue Mont-Royal avec les décorations qui ornent les réverbères, la musique qui joue dans la rue, le stand de sapins de Noël. Et les boutiques illuminées quand il fait noir.

Toujours est-il que ce Noël-là, les parents de Bruno nous invitent chez eux pour le repas du réveillon. Bruno se doute bien que j'ai envie de passer ma nuit de Noël avec mon amoureux (mon vrai), alors il explique à ses parents que nous ne serons pas présents. Il prétexte qu'il veut que notre premier Noël ensemble soit spécial et qu'il me réserve une surprise. Laquelle, il n'y a pas pensé, mais sa mère, en bonne maman, elle, a déjà son idée toute faite!

-Tu vas la fiancer! Tu lui réserves la surprise pour la veille de Noël! C'est romantique, elle va aimer ça! La bague, elle est comment? Tu l'as prise chez Birks ou chez Cartier? Parce que j'aurais aussi pu te donner la bague de ta grand-mère si tu me l'avais demandée. Elle vient d'Europe, tu sais! Dans ce temps-là, c'était quelque chose, l'Europe! Bien, venez souper pour le Nouvel An, alors, on va fêter vos fiançailles en famille!
-Euh.. Ben, maman, c'est parce qu'on sera pas là. On va être... euh... dans le sud. Oui, c'est ça, on part se fiancer dans le sud. On va à Cuba.

Et c'est ainsi que Bruno, en nous racontant cette histoire et tout son embarras autour d'un plateau de shooters qu'on a commandé, lui, Clément, Jeanne et moi dans le petit bar au coin de la rue de notre appart, nous donne une idée géniale! Partir fêter Noël dans le sud pour vrai! J'ai donc troqué les festivités de Noël en famille pour une semaine de plaisir sur l'île de Cayo Coco avec mon amoureux, mon faux fiancée et ma coloc !

Yahou! Moi Emma! Je vais dans le sud! Je suis allée en voyage seulement une fois et je ne souviens plus beaucoup. Ce n'était pas une belle ambiance, mon père venait de mourir et ma mère et moi, on était tristes. Là je suis parfaitement joyeuse et je suis dans ma chambre en train de préparer mes bagages. Je suis toute énervée à penser que demain, je serai sur la plage, en plein mois de décembre! Jeanne et moi on se crie d'une chambre à l'autre pour se demander si on a pensé à apporter tel ou tel article, et si on peut emprunter un vêtement à l'autre. On est excitées!

Le matin de notre départ, Clément et Bruno sont chez nous tôt. J'ai à peine terminé mon café chocolat-caramel quand je monte dans la voiture qui nous emmène à l'aéroport. Mais même si les poules sont encore couchées (je ne connais aucune poule, mais je suis certaine qu'à cette heure-là, elles dorment encore), je suis complètement éveillée! C'est peut-être mon café choco-caramel, mais c'est aussi sûrement le voyage!

Après quelques heures d'avion, que je trouve fascinantes (j'ai écouté un film et j'ai mangé plein de choses, parce que comme mes amis trouvaient que c'était pas bon, ils m'ont donné toute leur bouffe), je suis bien contente d'arriver. Quand même, il y avait dans l'avion un bébé qui a pleuré durant deux heures. J'aime beaucoup les enfants. La preuve, j'adore Simon et Charlotte, comme si c'était mes enfants à moi et je rêve d'en avoir avec Clément, mais sérieusement, entendre hurler pendant deux heures, ça joue sur les nerfs de n'importe qui! En tout cas, toujours est-il qu'en arrivant à l'aéroport de Cayo Coco, c'est super humide et il fait chaud. En plein mois de décembre, il fait chaud!

-Ça y est, on est arrivés pour vrai!

On attend en file pour passer les douanes et j'ai un peu peur. Je n'ai rien à me reprocher, je n'ai jamais pris ni acheté de drogue de ma vie, mais les monsieurs habillés en kaki qui parlent espagnol et qui ont l'air sévère, et les chiens qui reniflent toutes les valises me font peur. Je me dis que ça ne doit vraiment pas être drôle de se retrouver en prison à Cuba (ni ailleurs, finalement) et de ne pas comprendre pourquoi on est là. Je suis certaine que ça arrive. J'ai déjà vu une vidéo sur Internet de gens qui pourrissent en prison dans un autre pays et qui disent qu'ils sont innocents. Peut-être que certains le sont innocents pour vrai?

Mais je m'inquiète pour rien, puisque je passe aux douanes sans problème (évidemment, puisque je n'ai rien fait de mal, mais moi, je m'inquiète souvent pour rien) et très vite on se retrouve dans l'autobus qui nous conduit à notre hôtel.

L'autobus nous dépose au hall de notre complexe hôtelier. Le hall est immense avec des fontaines et des palmiers. C'est drôle, ici, tout ce qui est à l'intérieur est aussi à l'extérieur, puisque les murs ne ferment pas complètement les bâtisses. Par exemple, le hall est couvert, mais les murs ne font pas tout le tour de l'édifice, alors on est toujours dehors. Quand on arrive avec nos valises, on est plusieurs à vouloir faire l'enregistrement en même temps, alors plutôt que d'attendre debout en ligne, certains vacanciers décident de s'installer avec leurs valises pour prendre un premier verre. Je remarque un gars que j'ai vu dans l'avion. Ses cheveux sont mi-longs, vagués, genre surfer. Il est beau, il est déjà bronzé et il ressemble à un lifeguard avec ses airs d'*alerte à Malibu.* Il est en train de jaser avec une fille remarquable. Non pas qu'elle soit belle, en fait, je la trouve plutôt quétaine. Elle est tellement bronzée qu'on dirait qu'elle est d'origine latino-américaine, mais ses traits démontrent clairement qu'elle ne l'est pas. Et ses cheveux sont décolorés façon Pamela Anderson. Ils sont blancs tellement elle les a pâlis. Et puis, à voir la taille de son haut de bikini, je crois pouvoir dire sans me tromper qu'elle a mis quelques milliers de dollars sur sa poitrine, en plus d'avoir le même tatouage que Pamela autour du bras, un genre de bracelet de barbelé. Elle est très maquillée, avec des yeux charbonneux foncés et un rouge à lèvres rose bonbon. C'est bizarre, je trouve, se maquiller pour aller à la piscine... À moins qu'elle ne se baigne pas. À voir son teint, j'imagine qu'elle doit seulement rester au soleil. Toujours est-il que j'aperçois cette fille et que je sais que je vais me souvenir d'elle, parce que c'est la première personne que j'ai vue à mon arrivée au complexe. Et je ne la trouve pas jolie.

C'est beau, le sud! C'est la belle vie! Il y a de la nourriture à volonté, des buffets ouverts tout le temps, plusieurs piscines, des bars partout, même dans les piscines! Et les chambres sont très grandes. Clément et moi on a une chambre, tandis que en Jeanne et Bruno en partagent une autre. Étant donné qu'ils sont célibataires tous les deux, ça ne les dérangeait pas de partager la chambre pour la semaine. Après quelques jours, on a adopté une routine de sud. Je crois qu'on serait très bien si on habitait à Cuba! Le matin, Clément et Bruno vont courir sur la plage. Pffft! Il fait super chaud. Je vois pas pourquoi ils voudraient avoir encore plus chaud et pourquoi ils se forcent en vacances, mais ce sont eux les pires. Moi et Jeanne, on reste couchées. Après la course des gars (et surtout, après leur douche), on va déjeuner au buffet tous les quatre. Et ensuite, on choisit notre piscine (et Jeanne et moi, notre maillot) et on va relaxer! Le luxe!

Malgré tout ce que j'aime du sud, je suis un peu mal à l'aise. Les employés du complexe sont aux petits oignons avec nous. Évidemment, c'est bon, on paye pour ça, mais je me sens un peu mal en sachant que la plupart des touristes viennent de pays fortunés et que les employés ont un niveau de vie beaucoup plus précaire que le nôtre. Et ils sont tellement souriants, gentils et avenants, je me demande si c'est bien de notre part de profiter des ressources de leur pays comme ça. Bien que Bruno, Clément et Jeanne tentent de me convaincre que tout est normal dans la mesure où on paye pour un service et qu'ils nous donnent ce service, je n'arrive pas à me sentir parfaitement à l'aise lorsque tout le monde est gentil comme ça avec moi. Il faudra que je fasse des recherches sur Internet à ce sujet en revenant, à savoir si c'est bon ou non pour les employés de ces complexes qu'on vienne là, s'ils sont satisfaits de leurs conditions de travail et si on ne les exploite pas malgré nous. On a rencontré un serveur très gentil, Javier, et on jase avec lui à chaque fois qu'on le croise. Et la femme de chambre, Juanita est très gentille aussi. Je lui laisse des trucs de maquillage, des produits de beauté ou un bijou à chaque journée et elle m'a dit que j'étais très gentille de penser à elle!

Le premier jour de mon voyage, j'ai vraiment peur d'attraper un coup de soleil. Moi qui suis rousse, ma peau rougit facilement et j'ai entendu toutes sortes d'histoires à propos du soleil brûlant du sud. On arrive sur la plage et j'ai déjà mis plein de crème solaire *écran total* partout sur moi. En choisissant une chaise, je m'aperçois que la fille à côté de moi a vraiment l'air de souffrir. Elle est accroupie, rouge comme un homard, son teint tire même sur le mauve, et elle essaie de retirer son t-shirt sans qu'il frotte sur son dos. Mon Dieu! Mais de quoi j'aurai l'air à la fin de la semaine! Je retire mes vêtements et je remets de la crème solaire sur tout mon corps, juste au cas. Ça ne peut pas faire de tort.

Bruno et Jeanne, qui ont le teint foncé naturellement ne mettent pas beaucoup de crème, mais Clément en met partout, lui aussi. Une fois bien protégés, on va au bar se chercher nos premiers drinks de voyage. Et voilà, on est officiellement en vacances!

À quelques mètres de nos chaises, j'aperçois Pamela et son chum, que nous avons surnommé *surf dude*. Il est couché sur elle et ils s'embrassent (en fait, ça s'appelle même plus s'embrasser, je crois que le meilleur terme serait *se lécher*). Quand même, ils pourraient se rendre compte qu'il y a des gens autour d'eux.

Plusieurs drinks et quelques trempettes plus tard, je sors de la piscine qui est faite comme un serpent et qui traverse les différentes parties de l'hôtel, pour aller rejoindre mes amis. Je retrouve Jeanne, Bruno et Clément endormis sur leur chaise longue. Il y a un amas de verres vides par terre. Apparemment, ils ont continué de fêter le début des vacances en mon absence.

Je ne remarque rien tout de suite. C'est plus tard, quand tout le monde se réveille que chacun son tour, on remarque que Clément a le bas de la lèvre tout enflée et que son menton est tout rouge avec des cloques. Lorsqu'il se réveille, il se plaint d'avoir mal à la bouche. Ça nous prend quelques minutes pour comprendre ce qui se passe et durant ces minutes, on commence à s'alarmer et à s'interroger sur la disponibilité d'un médecin. On pense tout de suite à une allergie alimentaire, mais Clément ne se connaît aucune allergie. Ce n'est qu'en apercevant la montagne de verres vides à côté de sa chaise que je comprends que les derniers drinks que Clément a bus ont dû couler le long de son menton et enlevé en même temps la crème qu'il avait appliquée à cet endroit. Il est tout rouge et cloqué. On dirait qu'il a la lèpre!

Les jours suivants, Clément se sent vraiment regardé

par tout le monde. Et avec raison, parce que les gens le regardent. Il n'ose parler à personne ou il cache sa bouche lorsqu'il parle, ce qui fait qu'on ne comprend rien de ce qu'il dit. Bruno le taquine en lui disant qu'on dirait qu'il a attrapé une ITS (c'est le nouveau mot pour MTS, c'est la même chose, mais ils ont changé la façon de les appeler, peut-être que parler de MTS, c'était devenu trop banal, mais je ne connais rien en santé publique, ni en MTS, d'ailleurs). Moi, je console Clément en lui disant qu'il a déjà une blonde et qu'il n'est pas venu s'en faire une. Parce que dans ce cas-là, j'avoue que ça aurait été difficile pour lui... Ah! Ah! Ah! Ah!

On s'est aussi fait une amie qui s'appelle Juliane. Elle est super belle, grande et athlétique. Elle court souvent le matin elle aussi et elle joue au tennis avec Clément. Je me souviens de l'avoir vu dans l'avion. Elle est brune et a de beaux yeux bleus, mais ils ont l'air triste. On l'a aperçue à différents endroits dans l'hôtel, toujours seule. Un midi, alors que nous sommes attablés au buffet, et que je suis devant mon assiette pleine à ras bord (ben quoi, c'est le spécial sushi, ce midi) on la voit pleurer. Je me lève et je me rends jusqu'à elle. Je me présente et je l'invite à venir manger avec nous. Elle me regarde un instant et son visage s'éclaire. Elle semble reconnaissante et s'empresse de nous rejoindre avec son assiette, presque vide. Elle nous raconte qu'elle est venue à Cuba avec son chum, pour Noël en pensant que ce serait des vacances superbes. Elle était certaine qu'il allait lui demander de se fiancer. Au lieu de ça, il l'a quitté juste en arrivant. Ils partagent tout de même une chambre durant toute la semaine; elle le voit se préparer pour sortir et se pavaner dans l'hôtel avec différentes filles. Des nuits, même, il ne rentre pas du tout. Pauvre elle! Je me dis qu'elle doit vraiment passer de mauvaises vacances. Alors, je lui suggère de rester quelques jours avec nous.

Juliane est drôle. Elle fait des blagues et prend la vie du bon côté. Elle est dans l'armée. C'est pour ça qu'elle est athlétique comme ça! Elle est en mission pour six mois en Afghanistan et au milieu de sa mission, elle a droit à des vacances pour revenir dans sa famille. Dès qu'elle est rentrée à Montréal, elle et son chum sont repartis pour une semaine de vacances à Cuba. Cela faisait trois mois qu'ils ne se parlaient que par courriel et par téléphone et elle sentait bien que ce n'était pas pareil. Elle se disait que c'était probablement la distance et les moyens de communication qui faisaient que leurs échanges étaient un peu froids. Elle comptait sur ces vacances pour arranger les choses avant qu'elle ne reparte terminer sa mission. Elle est très triste de tout ça, mais je crois que nous l'aidons un peu à se sentir mieux.

Un soir, nous sommes au club de l'hôtel, en train de danser, Juliane, Jeanne et moi. Tout à coup, Juliane change d'expression et se raidit sur la piste de danse. Elle ne semble plus voir ce qui se passe autour d'elle. En fait, elle fixe un point en particulier. Jeanne et moi nous nous retournons pour voir ce qu'elle regarde avec tant d'attention quand nous apercevons... Pamela et Surf Dude, qui sont en pleine démonstration de léchage. Jeanne et moi on se regarde et on comprend en même temps que Surf Dude est celui qui a laissé Juliane en arrivant ici. Franchement! Pourtant, Juliane est de loin beaucoup plus belle que Pamela. Nous l'entraînons à l'extérieur de la piste de danse, et nous sortons du club. On débarque dans la nuit et on marche en silence sur la plage. On ne sait pas quoi dire pour remonter le moral de notre amie, alors on ne dit rien. On se promène comme ça jusqu'au spectacle qui est présenté chaque soir sur la scène extérieure. Ce soir, c'est un show de ballet mélangé avec du pop et de la danse tropicale. Bruno et Clément sont là, et ils essaient de se déhancher comme les danseurs. Bruno l'a plutôt bien. Je dois même avouer qu'il est sexy. Mais je me rends compte que Clément n'a pas vraiment de talent pour la danse. Il se tortille avec application, mais il a plutôt l'air d'avoir une souris dans ses culottes que de danser. Jeanne, Juliane et moi on se met à rire de lui en l'observant. Nos rires attirent l'attention des gars qui se tournent vers nous et nous envoient la main avec enthousiasme. Clément a l'air fier de lui! Nous rions tellement que ça détend l'atmosphère et je crois que Juliane se sent mieux. On ne peut pas vraiment faire plus que ça, mais si elle profite un peu de ses vacances, je serai moins triste pour elle.

Le lendemain matin, alors que Jeanne et moi on lit un livre de filles avec notre iPod sur les oreilles au bord de la grande piscine, deux gars viennent s'asseoir à côté de nous. Ils ne nous regardent pas, mais eux attirent notre regard. Je sais que c'est impoli de regarder les gens avec insistance, mais ils sont fascinants, je me demande presque si ce n'est pas une mise en scène. Ils sont plus jeunes que nous, probablement début vingtaine. Ils ont l'air d'être étudiants au Cégep. Ils ont tous les deux une barbe très fournie et des cheveux longs qui n'ont pas l'air d'avoir été lavés depuis très longtemps. Ils sont habillés en long, avec des vêtements kaki, qui doivent certainement sortir d'un surplus d'armée. Et ils ont des vieilles bottes de combat dans les pieds. On dirait le Che et Fidel Castro dans leur jeune temps. Ils s'assoient avec un *Cuba libre* et ils sortent d'un sac tissé une carte de l'île de Cuba qu'ils se mettent à scruter avec concentration. Jeanne et moi, on a un peu le fou rire en les observant, et en même temps, on est trop curieuses pour ne rien dire. Alors, je me risque en leur demandant:

-Êtes-vous perdus?

Je me mords la lèvre pour ne pas éclater de rire et je sens que Jeanne en fait autant. Le Che lève les yeux brusquement et il nous regarde avec un air de mépris. Il réplique avec un peu d'agressivité dans la voix.

-On n'est pas venus ici pour faire vivre l'économie d'exploitation du peuple de Cuba. On est venus voir le pays, avant que Fidel meure et que les États-Unis viennent tout américaniser avec leurs Fords et leurs McDo. On n'est pas venus profiter des richesses du pays de façon insouciante comme vous et comme tous les autres (et il désigne tous les gens qui sont dans notre champ de vision). On a une conscience sociale! On va aller à La Havane et on va aller voir ce qu'on peut changer pour les Cubains.

Jeanne, qui est un peu insultée de se faire traiter d'exploitrice insouciante et qui a bu beaucoup de *cuba libre* elle aussi lui dit:

-Mon grand, si t'as une conscience sociale et que tu veux vraiment changer quelque chose à Cuba, t'aurais pas dû réserver un séjour dans un complexe, tu verras pas grand-chose de Cuba, ici. Cayo Coco c'est une île de touristes. Et pour aller à La Havane, il va falloir que tu reprennes l'avion, c'est pas exactement dans le coin. Et quand tu vas revenir de tes vacances humanitaires, j'espère que tu vas pas dire que tu connais Cuba et les Cubains. Ce serait un peu insultant pour eux.

En parlant, Jeanne s'est levée. Elle est fâchée. Le Che aussi s'est levé et il commence lui aussi à avoir l'air fâché. Mon Dieu, ils ne vont quand même pas se battre! Mais ce serait drôle. Même en bikini, je suis certaine que Jeanne gagnerait. Le Che est pas mal plus gros qu'elle, mais il n'a pas l'air très en forme. Peut-être qu'ils vont se sauter dessus et qu'ils vont tomber tous les deux dans la piscine. Au moins, ça laverait un peu les cheveux du Che. Je sors de mes réflexions saugrenues à ce moment, car il se met à crier après Jeanne:

-Oui, j'vais connaître les Cubains. Je vais parler à tous les employés de l'hôtel et je vais avoir plein d'information sur la vie des Cubains et je vais faire un blogue pour libérer le pays des Américains. Le Che (ah! ah! Le Che! Il est peut-être un parent lointain) avait la cause de son pays à cœur, les autres cubains vont suivre si on les embarque!

Au loin, je vois Bruno et Clément qui s'approchent de nous. Lentement, au début, puis de plus en plus vite lorsqu'ils nous aperçoivent en train de se chicaner avec les guérilleros. Ils arrivent à la hauteur de Jeanne et ils ont juste le temps de l'attraper chacun par un bras alors qu'elle crie :

-Tu peux pas libérer les Cubains des Américains, y'en a pas d'Américains ici! Et puis, le Che, il est même pas cubain, il est argentin! Retourne donc au Cégep du Vieux-Montréal continuer de faire vos petites grèves pour baisser les frais de scolarité, qui sont presque gratuits, avant de venir sauver d'autres pays sans savoir de quoi tu parles! Après, tu iras faire une maitrise en relations internationales et là, tu pourras pelleter des gros nuages si t'as envie!

Bruno et Clément réussissent à éloigner Jeanne avant qu'elle ne se pompe encore plus et que le Che lui saute effectivement dessus. Elle est fine, Jeanne, mais elle a une sainte horreur des gens une peu trop granos ou altermondialistes qui ont des fantasmes de changer le monde. Elle dit qu'un monde où tous les gens s'aiment ne se peut pas et que c'est pas en faisant des petites manifestations et en bloquant les rues du centre-ville qu'on va éradiquer la pauvreté. Elle pense que si chacun s'organise dans la vie et travaille assez fort, il peut arriver à vivre comme il veut.

Le Che et Fidel se regardent, l'air inquiet et se remettent à scruter leur carte de Cuba. Au moment où j'allais partir, après avoir ramassé tous mes effets personnels et ceux de Jeanne, Fidel, qui n'a pas dit un mot de toute la scène lève les yeux vers moi et me demande un peu timidement, le regard plein d'interrogation :

-C'est vrai qu'on est dans une île et qu'il y a juste des touristes, ici?
-Oui.
-Euh. Et... C'est vrai que le Che est argentin?
-Ben... Oui.

Je repars rejoindre mes amis en laissant les deux gars perplexes, assis sur des chaises longues, habillés comme pour aller faire la guerre, au bord de la piscine.

***

Les vacances sont superbes et je me verrais très bien vivre ici toute ma vie. Je ferais une très bonne Cubaine! Tant que je peux rester sur la plage tout le temps. Et changer de bikini autant que je voudrais (mais ce ne serait pas un problème, j'en aurais plein étant donné que j'habiterais où il fait chaud) et boire tous les daiquiris et les margaritas que je voudrais. Mais bon, comme ce n'est pas comme ça que fonctionne la vie (pas la mienne en tout cas), je suis dans ma chambre d'hôtel en train de faire mes bagages pour retourner à Montréal. Au beau milieu de l'hiver.

Nous sommes dans l'avion. On repart chez nous. Je suis confortablement installée (c'est-à-dire coincée comme une sardine entre Jeanne et Clément, avec plein de bagages à mes pieds, même si on n'est pas censé avoir des bagages à nos pieds). Je regarde les passagers autour et je remarque Pamela qui est devant moi en diagonale. Elle est seule. Surf Dude n'est pas là. Il doit être ailleurs dans l'avion. Je m'apprête à mettre mes écouteurs pour écouter le film présenté qui est *United 93*. C'est un très mauvais choix de film. C'est le film qui glorifie les passagers du vol de la United Airline, lorsqu'il a été détourné pour s'écraser sur le pentagone, le 11 septembre 2001. Finalement, les passagers se sont rebellés contre les pirates de l'air.

Moi aussi, je pense que j'aurais fait ça. Si tu ne fais rien, tu meurs. Si tu tentes quelque chose, tu peux mourir quand même, ou tu peux t'en sortir. Je crois bien que j'aurais essayé. Mais bon on ne peut pas savoir avant d'être dans la situation et je n'ai pas vraiment le goût de vérifier ce que je ferais. C'est sûrement un bon film, mais je trouve qu'on ne devrait pas présenter un film comme ça dans un avion, tout d'un coup ça fait peur aux passagers et que quelqu'un a une attaque de panique ou une crise cardiaque. De toute façon, je pense que les hôtesses de l'air (il paraît qu'on dit des agents de bord, c'est plus poli) savent quel passager de l'avion est médecin, justement pour les situations comme ça (où un passager ferait une attaque de panique, je veux dire). Elles n'ont pas besoin de crier *«Y a-t-il un médecin à bord? »* comme dans les films. Toujours est-il que je m'apprête à écouter le film vraiment pas approprié, lorsque Juliane arrive devant moi et me demande :

-Est-ce que tu penses que Clément ou Bruno voudrait changer son siège avec moi? Mon ex me lâche pas depuis qu'on est parti. Il a attendu que je me sois enregistrée et a demandé d'être assis à côté de moi.

Clément accepte avec grand plaisir de laisser sa place à Julianne et se lève immédiatement afin d'aller s'asseoir avec Surf Dude, dont le vrai nom est en fait, Nicolas. Depuis le matin, Nicolas se sent repentant de son comportement et tente de se faire pardonner par tous les moyens. Il a dit à Juliane qu'il s'est trompé, qu'il n'aurait pas dû la laisser, que c'est elle qu'il aime et que toutes les filles du voyage ne veulent rien dire.

Toutes les filles! Ça veut dire qu'il n'y a pas eu que Pamela qui lui ait tenu compagnie pendant la semaine! Juliane, épuisée, et blessée le laisse parler, mais elle a écrit à son père au début de la semaine, qui ira la chercher à l'aéroport et qui l'hébergera le temps que Nicolas déménage. Non, mais franchement! Juliane prend place à côté de moi et nous mettons nos écouteurs. Le film vraiment mal choisi va commencer.

Il ne faut pas trop longtemps à Nicolas pour faire comme Juliane lorsqu'il se rend compte que Clément vient la remplacer à ses côtés. Il se lève et passe devant nous sans un regard pour Juliane. Il demande aux gens qui sont assis autour de Pamela si quelqu'un veut changer sa place avec lui. Un monsieur accepte de se déplacer et il va donc s'asseoir à côté de Clément. Ça devient ridicule! Nicolas s'installe donc à côté de Pamela, en diagonale de nous et c'est ainsi que le trajet de Juliane, et de nous tous, devient pénible. Nicolas, qui commande de l'alcool depuis le départ semble encore être au rythme des vacances et parle haut et fort, pour que Juliane l'entende bien. Il parle à Pamela de leur soirée de la veille sur la plage. Il lui dit que ce soir, il va sortir, maintenant que sa blonde l'a laissé et qu'il est célibataire. Il n'en manque pas une. Je regarde Juliane et je monte le bouton de son volume, pour qu'elle entende moins les conneries de Surf Dude alias Nicolas.

***

Partie IV

Lorsqu'on revient de voyage, on se sent déprimé. En tout cas, moi, j'me sens comme ça. C'est comme si on avait une claque en pleine face. On retourne dans son appart-trop-petit-et-trop-cher-parce-qu'il-est-sur-le-plateau, on ouvre toutes les factures qui se sont accumulées pendant qu'on était en voyage, on regarde l'état de notre compte de banque pour justement payer toutes nos factures et on se rend compte qu'on a dépensé bien plus que ce qu'on aurait dû. C'est comme si la *pochitude* de notre vie nous est mise en évidence. Mais bon, j'imagine que c'est comme ça pour tout le monde du monde qui revient de vacances, même pour les riches. Ils ont leurs problèmes de riches qui les attendent en revenant de leur voyage de riche...

Toujours est-il qu'en revenant de voyage, de retour à notre vie ordinaire, il faut bien qu'on aille souper dans la famille de Bruno, pour fêter nos *fiançailles* et leur montrer *la* bague. Bruno a dû m'acheter une bague, très belle, on est allés la choisir ensembles chez Birks alors même si je ne suis pas fiancée pour vrai, je suis bien contente de l'avoir. Je la regarde et je me mets à imaginer que je le suis pour vrai. Le souper de fiançailles est vraiment super! Les frères et la sœur de

Bruno ont des cadeaux pour nous et ses parents aussi. Ils nous offrent un séjour dans un spa. Tout le monde a des cartes et des beaux vœux de bienvenue officielle dans la famille pour moi. Ils ont l'air heureux et Virginie et sa mère commencent même à faire des plans pour le mariage. Ils se questionnent sur la date dudit événement. Bruno et moi on a du plaisir et on est contents d'être à ce souper, comme à chaque fois qu'on est dans sa famille. Ces personnes m'ont vraiment acceptée comme étant un membre de leur famille et je les aime. C'est pour cette raison que souvent, une vague de culpabilité m'envahit. Je sais que je mens à tout le monde et que tôt ou tard, il faudra que je quitte leur vie et qu'ils me détesteront certainement.

Après le souper, Bruno et moi avons donné rendez-vous à Clément au Café El Dorado, notre café préféré. C'est en sirotant ma boisson que je demande à Bruno ce qu'il va se passer avec sa famille lorsque notre contrat sera terminé. De quelle façon il compte régler la question de notre faux couple devant les siens.

-J'ai pensé à tout ça, Emma. Depuis plusieurs années que mon père travaille tout le temps et qu'il promet à ma mère une retraite au Portugal lorsque le temps sera venu. Et je pressens que le temps est arrivé. Plusieurs signes me le confirment. Par exemple, je me suis assis l'autre soir au bureau de mon père pour signer un document et j'ai aperçu la liste de notes de choses à faire qu'il avait adressée à Eva. Il était question entre autres de son compte en Suisse. Il commence à mettre de l'argent de côté en Europe pour sa retraite. Et l'autre jour, il a dit à Clément que la conclusion du développement de son projet écoénergétique avec Écohabit sera le clou de sa carrière, juste avant de tirer sa révérence. Et comme la compagnie me revient, je serai mon patron et je pourrai enfin vivre comme ça me tente. Plus besoin de fausse conjointe! Je leur dirai que je t'ai quitté parce que tu n'étais pas un homme et que bien que tu es une femme extraordinaire, ce qui est vrai d'ailleurs, je ne pouvais pas être heureux avec toi. Tu pourras donc continuer de voir ma famille si tu en as envie et ton honneur sera sauf. Tu seras même un peu à plaindre dans cette histoire. Mais heureusement, le gentil notaire pourra te consoler!

-Wow! Tu as vraiment pensé à tout!

Je suis complètement rassurée, maintenant, et j'ai moins l'impression d'être méchante dans tout ça.

Le travail continue de bien fonctionner. Je rencontre toute sorte de monde et il m'arrive plein d'aventures. J'ai même failli me faire frapper par la femme jalouse d'un client! L'homme, un monsieur d'environ 45 ans, qui travaille à la bourse de Montréal m'appelle pour lui tenir compagnie dans une soirée. Nous sommes donc assis confortablement sur les sofas d'un bar de la rue Crescent avec les collègues de mon client. À ce moment, une femme arrive en furie et se dirige vers le sofa où nous sommes assis. En la voyant, mon client se lève comme un ressort. Elle ne lui donne pas le temps d'ouvrir la bouche. Elle le gifle en plein visage et elle se met à l'insulter. Ses amis et collègues qui sont avec nous se mettent à rire, à pousser des *Oh!* et à applaudir. Je ne sais pas où me mettre. À un moment, elle se tourne vers moi et elle me traite de voleuse de chums. Elle dit que je suis une... pute. Elle s'en va. Je crois mon contrat terminé pour la soirée, mais mon client, qui s'est rassis et qui a repris son verre, ne se lève même pas pour rattraper sa femme.

Ce soir-là, en retournant chez moi, je me demande si la femme n'a pas raison et si je ne suis pas dégueulasse de faire ce que je fais. Mais j'en viens à la conclusion que je ne fais qu'un travail, je réponds à une demande. Et je n'embrasse même pas mes clients, je fais figure d'accompagnatrice.

Je suis sortie avec un client qui est gai, Jamel. Il conçoit les vitrines pour un grand magasin du centre-ville. J'ai beaucoup aimé ma soirée. Jamel est drôle et très créatif. Il cherche quelqu'un pour partager sa vie, quelqu'un exactement comme Bruno! Je parle donc de Bruno à Jamel et je les mets en contact par Facebook.

Un soir de la semaine suivante, j'envoie un message texte à Bruno pour savoir ce qu'il fait et s'il veut sortir. Je suis en pyjama à l'appart, Jeanne travaille tard dans son Espace-Loft et je suis assise devant un rouleau de sushis, du saké chaud et la télévision. J'écoute *Gilmore Girls* pour la troisième fois et bien que j'adore cette série, ce soir, je ferais autre chose. Bruno me répond rapidement qu'il ne peut pas me voir, il est avec Jamel. Je suis super contente pour eux, même si j'ai un peu peur. Si ça marche, je vais peut-être devoir écouter *Gilmore Girls* une quatrième fois. Plus tard dans la soirée, Bruno m'appelle pour me dire merci de lui avoir fait connaître Jamel. Après cette soirée, on intègre Jamel à notre gang. Je crois que les affaires commencent à bien aller entre Bruno et lui et j'en suis vraiment heureuse. Peut-être que ça va aider Bruno à parler à sa famille de qui il est.

La seule chose que je regrette un peu, c'est que je n'ai pas encore dit à Clément ce que je fais comme travail. Il sait que je travaille pour Bruno, mais je suis toujours restée très vague quant à mes autres rendez-vous. Il ne sait pas vraiment que je suis payée pour sortir avec des hommes. Je suis gênée de lui dire, tout à coup il ne trouve pas ça *éthique* (il dit souvent ce mot-là et je suis certaine que ça a rapport avec mon travail, même si je ne sais pas vraiment ce que c'est). À chaque fois que je veux lui en parler, je me dis que ce n'est pas le bon moment et je repousse la discussion à plus tard. On est tellement bien ensemble, pourquoi gâcher de si beaux moments avec des détails si peu importants...

C'est la semaine suivante que tout commence à aller mal. J'ai reçu un appel pour accompagner un homme dans un souper d'affaires. Il s'appelle Vincent. Il est dans l'informatique et il habite à Toronto, mais il a toute une fin de semaine de réunions avec des gens de Montréal et de New York. On a commencé par aller souper et ensuite, on est allés prendre un verre au Wunderbar, le bar de l'hôtel W, ou Vincent (et moi) avons une chambre. En plus, j'ai mis ma nouvelle jupe Stella MacCartney. Je suis en train d'écouter un collègue de mon client me raconter qu'il a acheté une Mitsubishi Spyder à son fils de 16 ans (tant mieux pour lui). Je suis en train de penser à Omer Simpson quand il dit « *C'est plaaate!* » quand je l'aperçois.

Eva, l'assistante de Gilbert Boivin est dans le bar. Je me dis un instant qu'elle ne m'a peut-être pas vue et que je pourrais réussir à sortir, mais il est trop tard. Elle me regarde. Elle est seule. Elle attend. Probablement l'homme des boucles d'oreilles en diamant. Tant qu'à m'être fait voir, je prends le parti de la saluer. Je lui fais donc un sourire et un léger signe de la main. Rien n'est perdu, l'homme avec qui je suis pourrait bien être mon frère. C'est en la regardant que j'aperçois qu'un homme qui vient d'entrer dans le bar se dirige vers elle et lui effleure le dos d'une manière familière. Eh! Mais c'est Domenico! Tout compte fait, rien d'anormal, puisque selon Bruno, lui et elle sont amis depuis l'enfance, c'est logique qu'ils soient assez intimes. Il se penche vers elle, vient pour l'embrasser, mais elle l'arrête! Il allait vraiment l'embrasser! Ils sont ensemble? Domenico s'assoit. Merde, je ne sais pas quoi faire. J'ai peur qu'ils découvrent que Bruno n'est pas mon chum. Je m'excuse à Vincent, et je cours vers la salle de bain, dans le but de téléphoner à Bruno. Je veux lui demander son avis, puisque c'est sa crédibilité qui est en jeu. Et la mienne, certes, mais c'est lui mon client.

Bruno ne répond pas à son portable. Pas de panique. Je respire à fond quelques fois. Je sors des toilettes et je fonce vers le bar. Je vais affronter la situation. Je vais aller saluer Eva et Domenico, avec mon plus beau sourire et avoir l'air parfaitement à l'aise. Je ne leur dirai rien d'autre que des banalités sur l'endroit et la soirée, ils verront que je n'ai rien à me reprocher... n'est-ce pas?

En me dirigeant avec une démarche que je veux assurée vers mon client pour le prier de m'excuser le temps que j'aille m'acquitter de ma tâche, il m'agrippe par la main et me dit en désignant Eva et Domenico.

-Je crois qu'il y a des gens qui voudraient te connaître. La femme est venue me voir pour savoir qui tu étais. Je lui ai dit que tu étais une amie proche. Elle a vraiment insisté pour savoir d'où je te connaissais. Je lui ai dit que tu étais ma conjointe, je ne savais plus trop. Est-ce que j'ai fait une gaffe?

Une gaffe? Toute une, oui! Je suis complètement affolée!

- Oui, Vincent, c'est en effet une grosse gaffe... Merde, merde! Qu'est-ce que je vais faire?
-Bon. Monte avec moi à la chambre.

Il me prend par la taille et m'entraîne vers les ascenseurs et en montant, il me dit:

-Ça n'a vraiment pas l'air d'aller. Je m'excuse, je ne comprends pas du tout, mais c'est de ma faute, alors, on monte, je te paye ce que je te dois pour aujourd'hui et je te laisse aller régler ça.
-Oui, je dois sortir. Il faut que je trouve mon ami.
- Si tu sors par l'hôtel, personne ne te verra. De toute

façon, la soirée tire à sa fin et je dirai aux autres que tu avais la migraine et que tu es allée au lit. Tu reviendras demain matin avant qu'on parte pour le brunch.

Je lui suis tellement reconnaissante, mais je suis trop énervée pour le lui dire. J'acquiesce de la tête sans prononcer un mot. Arrivé dans la chambre, Vincent va fouiller dans son porte-documents et revient avec une liasse de billets qu'il me tend. Il me donne un baiser sur la joue, chose qui me surprend beaucoup. Je lui lance un regard que je veux reconnaissant, mais qui ressemble probablement plutôt à une grimace, et je ressors de la chambre aussitôt.

Je sors de l'immeuble avec prudence, pour ne pas me faire voir et je hèle un taxi. C'est très rare que je prenne un taxi, mais là, le temps presse. Je continue d'appeler Bruno, mais il ne répond pas à son téléphone. On n'est pas loin de chez lui, je demande au chauffeur de se rendre et de m'attendre, le temps que j'aille vérifier s'il y est. Lorsque le taxi s'arrête, je sors en trombe, je cours jusqu'à l'entrée et j'embarque dans l'ascenseur en appuyant frénétiquement sur le bouton pour faire fermer les portes plus rapidement. C'est long. Mais c'est encore moins long que de monter plusieurs étages à pied. J'arrive enfin à l'étage de Bruno. Je sors de l'ascenseur en courant. Je frappe à sa porte, presque comme une perdue, tellement qu'une voisine sort de son condo pour voir ce qui se passe. Je n'ai pas vraiment le temps d'être polie alors voyant que personne ne viendra m'ouvrir, je ne la regarde même pas et je repars dans la direction contraire. Je ressors de l'immeuble et je remonte dans le taxi. Lorsque le chauffeur me demande où on va, je me rends compte que je sais exactement où je voudrais être. Je ne sais juste pas comment je pourrais y aller sans risquer que tout vire au cauchemar. Tant pis. On verra bien comment tout cela va tourner. Je suis fatiguée de faire semblant et d'avoir plein de choses à cacher. Je suis épuisée de tout ça. Il faut que ça cesse.

***

J'arrive chez Clément vers 1 h du matin. Il est tout endormi quand il vient m'ouvrir et il semble désorienté. Il ne comprend pas ce que je fais là. Il a l'air très surpris, mais aussi très heureux de me voir. Et c'est quand il me fait son beau sourire de footballeur américain que je me jette sur lui et que je fonds en larmes. Je ne veux pas parler, je veux juste pleurer. Et Clément a l'air de le savoir, puisqu'il me console sans rien me demander. Il m'amène dans sa chambre et m'assoit sur son lit sans me lâcher. Il me caresse les cheveux. Nous restons comme ça un bon moment et je me sens doucement partir vers le sommeil à travers les sanglots.

C'est déjà le matin lorsque j'ouvre un œil sans comprendre où je suis. Ça me prend quelques secondes pour reconnaître la chambre de Clément. Je suis encore habillée. C'est en voyant ma jupe Stella McCartney que tout me revient. Le bar, Eva, le taxi, les pleurs. Mon Dieu! Le brunch! Je regarde l'heure sur le cadran digital super design qui parle. J'ai tout juste le temps de courir au W si je veux pouvoir assister au brunch. Je me lève d'un bond, je sors de la chambre et je traverse le grand loft dans un coup de vent. La porte n'est même pas encore refermée que j'entends Clément, qui vient de se réveiller crier mon nom. Pauvre lui, je n'ai pas le temps de m'expliquer maintenant. Je le ferai après mon brunch.

J'arrive à l'hôtel où Vincent m'attend dans sa chambre, déjà habillé. Il lit les nouvelles de la bourse sur le web. Lorsqu'il m'aperçoit, le regard qu'il me fait m'indique que je n'ai pas bonne mine et que je ferais bien de faire un miracle si je veux être à la hauteur devant ses collègues. Je saute dans la douche et j'en ressors aussitôt, moins fripée, mais tout aussi découragée et maussade que quand j'y suis entrée.

Le Mount Stephen club est un superbe endroit pour bruncher le dimanche matin. C'est un club privé qui est situé dans le Mille Carré Doré, le quartier des affaires de l'ancien temps, je crois, mais je ne connais rien à l'histoire de Montréal. En tout cas, la place est somptueuse, avec des boiseries et des vitraux. Par contre, je n'ai pas du tout la tête à me préoccuper de ce qui se passe autour de moi. Je ne vois pas les gens, je ne savoure pas ce que je mange et je n'ai qu'une envie : que le brunch prenne fin pour que je puisse courir chez Bruno, que je n'ai pas encore réussi à joindre.

Pendant que je bruche avec Vincent et ses collègues, Bruno ouvre un œil et étire le bras pour atteindre le portable de Jamel, sur la table de chevet, à côté de lui. Il le consulte pour savoir quelle heure il est. Il se dit que les soirées bien arrosées comme celles de la veille devraient être interdites. Le lendemain matin est vraiment trop pénible. Lui et Jamel ont reçu un couple d'amis chez Jamel et ils ont dégusté plusieurs bouteilles de vin, du porto ainsi que du cognac. Par contre, ce matin, Bruno sent qu'il va en payer le prix. Rien que le fait d'allumer son portable, qu'il avait fermé pour avoir un peu de tranquillité le ramène à la réalité, lorsqu'il sonne presque aussitôt. C'est son père qui le somme de le rejoindre au bureau le plus tôt possible. Au bureau, un dimanche matin? Bruno se demande ce qu'il peut bien se passer... Il soupire, regarde Jamel qui dort paisiblement. Après quelques secondes d'hésitation, il se lève, enfile des sous-vêtements et part à la recherche d'un bout de papier et d'un crayon. Il griffonne une note à Jamel lui disant qu'il rapportera des croissants en revenant. Il pose la note sur l'oreiller à côté de lui. Il enfile rapidement un pantalon et un polo et sort de l'appartement de Jamel.

Dès son arrivée au bureau, Bruno aperçoit Gilbert qui est au téléphone. Il a l'air encore plus sévère qu'à l'habitude. Quand il voit son fils, son air devient plus grave encore et il s'empresse de mettre fin à son appel pour aller à sa rencontre.

-Bruno, mon grand, j'ai à te parler et c'est assez urgent. (Quand Gilbert utilise l'expression *mon grand*, ou toute autre expression familière, c'est effectivement parce que la situation est critique).

-Hum. Eva m'a appelé. Hier soir, elle est sortie et par hasard, elle a rencontré ta fiancée. Victoria était accompagnée d'un homme qui se disait être son conjoint. Je suis tout à fait désolé. Je crois que Victoria te joue dans le dos.
-Euh! J'attendais le bon moment pour t'en parler,

mais je crois qu'il est peut-être temps de ...
-Non, ne dis rien. Ce n'est pas ta faute si ta future femme te trompe. Je n'en ai parlé à personne et Eva n'ébruitera pas l'histoire non plus alors ton honneur n'est pas menacé. Tu pourras l'épouser quand même, elle fait bonne figure pour l'entreprise.
-Quoi?
-Personne ne sait. Et on a besoin d'elle.

À ce moment, je suis sortie du brunch et j'envoie un texto à Bruno : *Eva+Domenico ensembles. M'ont vue avec client.*

-Apparemment, Domenico Razzio est au courant. Lui et Eva étaient assez intimes hier soir.
-Domenico et Eva? Évidemment qu'ils sont intimes, ils sont comme frère et soeur. Voyons, Victoria n'est pas la première personne à avoir une petite infidélité. Ce n'est pas une raison pour briser une alliance. Victoria sert bien la compagnie avec sa beauté, sa bonne humeur et sa classe. Et ta mère l'adore. Alors, encaisse le coup. Tu peux lui remettre la pareille. Personne ne t'oblige à rester fidèle, surtout pas après ce qu'elle t'a fait. Tant que ta réputation demeure intacte. Ne te fais pas prendre... Bon je dois y aller, j'ai un autre rendez-vous. Allez, n'oublie pas ce que je t'ai dit. Ton honneur est sauf alors ne le met pas en danger. Pas pour une femme.

Sur ce, Gilbert quitte le bureau et laisse Bruno seul. Il se dit que notre plan ne fonctionne plus tant, même si tout n'est pas encore perdu. Mais, avant tout, c'est l'attitude de Gilbert qui ébranle mon ami. La façon dont il banalise l'infidélité et dont il parle des femmes. À ce moment, Bruno se dit qu'il doit très mal connaître son père.

Moi, je suis rendue à l'appart. Je m'affale sur mon divan rose ultradesign et j'appuie sur le bouton du répondeur. J'ai huit messages de Clément. Il veut parler avec moi. Je le comprends bien! La façon dont je me suis comportée cette nuit est tout simplement épouvantable! Je prends une grande respiration. Je lui envoie un texto pour lui donner rendez-vous au Café El Dorado. Ensuite, je me lève péniblement et je ressors de l'appart. Bruno me texte au moment où je ferme la porte et je lui réponds aussitôt de venir me rejoindre au Café. J'espère qu'il pourra me soutenir. À deux, peut-être que les choses auront l'air un peu moins pires pour Clément?

***

Dans un appartement du centre-ville, Eva Toledo prend un bain. Elle trempe depuis une bonne demi-heure déjà et ses orteils vernis de rouge appuient sur la robinetterie d'eau chaude pour en faire couler lorsque son bain rafraîchit. Elle réfléchit. Elle s'en veut. Hier soir, elle a été imprudente. Se faire voir avec Domenico n'est pas le problème puisqu'ils se connaissent depuis longtemps, personne ne se posera de questions à ce propos. Mais elle a laissé paraître un peu trop de proximité. Elle se dit que je suis dans un pétrin plus grave. Elle croit qu'elle m'a prise en train de tromper mon fiancé et que je dois patiner ce matin pour expliquer à Bruno ce qui s'est passé et que je ne suis pas en position de colporter quoi que ce soit à propos d'elle et de Domenico. De toute façon, si je parle de quoi que ce soit, elle va tout simplement nier. Les gens ne me croiront pas. Mais quand même, elle décide que ça doit lui servir de leçon. À l'avenir, elle devra être plus prudente. Avec tout le monde. Tout en réfléchissant, elle sort du bain et se couvre d'une épaisse serviette. Elle remonte ses cheveux noirs en un chignon lâche, lorsque la porte de l'appartement s'ouvre et que Gilbert entre. Il semble fâché. Pourtant, cette nuit, au téléphone, il semblait normal.

-Tu faisais quoi avec Domenico? Bruno dit que vous

aviez l'air plus proche que deux amis de longue date?
-Bruno t'a dit ça? Il n'était pas là, qu'est-ce qu'il en sait? Écoute, je fais tout ça pour toi. Pour nous deux. Je sors de temps en temps avec Domenico. Pour que personne ne se doute de rien. Alors, s'il te plaît, ne doute pas de moi.

Elle pose ses mains sur le torse de Gilbert dans le but de l'apaiser. Et elle ajoute d'une voix douce :

-Parle-moi plutôt de Bruno. Est-ce que tu lui as dit pour Victoria?
- Oui, il voulait rompre ses fiançailles, mais je l'ai convaincu de rester avec elle. Il faut au moins qu'ils se rendent jusqu'à la fin du projet avec Écohabit. Après, il fera ce qu'il voudra, nous, on ne sera plus là et cette compagnie ne sera plus la mienne. Comment vont nos affaires?
-Très bien. Le compte offshore se remplit à vue d'œil avec les bonus que tu fais sur les ventes de terrains. J'ai tout ça bien en main. Bientôt, il sera assez garni pour ne plus avoir à se soucier de l'avenir...
-Bien. Passe un bon dimanche, ma belle. Je m'en vais voir ma femme.

Eva regarde la porte se refermer et un sourire se dessine sur ses lèvres. Gilbert n'est plus fâché contre elle et le compte qu'ils ont ouvert pour préparer leur fuite est plein. Très plein.

J'arrive au café la première. Je prends place à la table au bord de la fenêtre, comme à l'habitude. Je me sens complètement perdue. Une partie de moi est soulagée, parce que Clément va enfin savoir la vérité et je n'aurai plus à mentir, parce que je suis vraiment épuisée de mentir tout le temps. Mais en même temps, je ne sais pas du tout ce que je vais lui dire. Est-ce qu'il va accepter que je continue mon travail? J'essaie de ramasser tout le courage que je peux quand j'entends la porte du resto s'ouvrir et que je lève la tête. Je vois Clément, superbe dans un pull vert et un pantalon de velours côtelé brun, les cheveux en bataille juste ce qu'il faut. Merde! Je l'aime tant! Pourquoi je suis tellement bête? Il faut toujours que je fasse tout de travers. Juste derrière lui, Bruno entre. Ils ne se sont pas vus, mais ils se dirigent tous les deux vers moi. Ils arrivent à la table en même temps, mais avant que j'aie le temps de dire quoi que ce soit, Bruno me lance :

-Mon père sait pour ton client. Eva lui a dit, mais il veut qu'on reste ensemble quand même.

Clément se retourne et aperçoit Bruno. Pour un instant, tout semble se mêler dans sa tête, en tout cas, si j'en juge par la figure qu'il a.

-Ton client? Mais... c'est lui, ton client. Non? Demande-t-il en désignant Bruno.
-Euh! Ben... Oui. C'est un de mes clients.

Bruno nous regarde sans comprendre :
-Hein? Il ne sait pas c'est quoi ton travail? T'as pas dit à ton chum que tu sortais avec des clients pour vivre?
-Quoi? Tu sors avec des clients pour vivre? Tu es une *escorte*?

Je réplique tout de suite :
-Hey! Je suis une accompagnatrice de soirée. Je ne suis pas une escorte. Je tiens compagnie à des clients, je les accompagne. Je fais semblant d'être leur épouse, leur amie, je leur rends service.
-Tu mens. Ton travail c'est mentir à tout le monde! Tu es une menteuse professionnelle!
-Je ne suis pas une menteuse! Je suis une... actrice. Je joue pour eux.
-Et tu me mens à moi aussi. Depuis le début. Moi, je suis notaire, je travaille pour la justice, et je voulais faire ma vie avec toi. Mais tu es une menteuse et une escorte de luxe. C'est pas éthique ton travail (oh! non, il recommence avec ça!).

Clément dit tout ça sans crier. Lentement, même. Il a l'air déçu. Il se tourne lentement vers Bruno et lui dit :

-Et toi, tu savais ça.

Sur ce, il tourne les talons et se redirige vers la porte par où il est entré il y a quelques minutes à peine.

Je suis assise. Je reste figée, je ne sais pas quoi faire. Est-ce que je lui cours après? Et s'il me repousse? Est-ce que je lui envoie un texto? Mais il est déjà trop tard. Il est reparti. Bruno se laisse tomber sur la chaise à côté de moi et il soupire. Je crois qu'on n'aura pas une belle journée, finalement. En fait, quand je parlais de la pire journée de ma vie, la vraie pire, bien, c'est celle-là. C'est vraiment la pire journée de ma vie.

Les jours suivants sont mornes et sans intérêt. J'ai plusieurs clients. Je sors entre autres avec Willy, un homme qui possède une compagnie de pétrole dans les prairies. Déjà, il est habillé en cow-boy, avec des bottes avec la petite étoile en arrière (je pense que c'est pour piquer les chevaux pour qu'ils avancent plus vite, mais à Montréal, ça ne lui est pas très utile), le chapeau et même le petit collier en cuir avec le médaillon dans cou. Je suis rendue meilleure en anglais. Maintenant, je peux me débrouiller plus qu'avant, alors je peux prendre des clients qui sont anglophones. Il passe la soirée à dire à tout le monde qu'en venant à Montréal, il a décidé de se payer une escorte pour son souper. Et bien sûr, son escorte, c'est moi. Il me présente comme telle à tout le monde! C'est très gênant et c'est surtout faux, mais j'ai beau essayer de répliquer, je ne suis quand même pas si bilingue que ça, je n'arrive pas trop à être convaincante. Quoi qu'il en soit, cette soirée ne me remonte pas le moral. Je n'ai aucun plaisir à travailler. J'ai toujours adoré mon travail, mais depuis quelques jours, il m'apparaît superficiel et sans aucune substance.

Je croyais que Clément allait me contacter durant les jours qui ont suivi notre *discussion* au café, mais rien. Pas un signe de lui. Bruno lui a parlé au travail. Il lui a expliqué le contexte qui nous avait liés lui et moi et comment il m'avait connue. Il lui a dit qu'il était convaincu que j'avais été honnête depuis le début, mais que si je ne l'avais pas été, c'était parce que j'avais peur qu'il ne soit pas d'accord. Bruno craignait que toute cette histoire détruise la relation professionnelle entre lui et Clément et ne vienne installer une ambiance étrange au bureau. Puisque personne d'autre qu'eux n'est au courant de cette histoire, ils n'auraient même pas été en mesure d'expliquer leur différend. Finalement, tout est correct. Ils sont capables de travailler ensemble et Clément n'est pas fâché contre Bruno. Mais il n'est pas prêt à digérer ce que je lui ai fait. Merde! J'avais un bon gars et je l'ai repoussé en ne lui disant pas la vérité. Clément a raison, je mens pour vivre. Quelle belle réussite!

***

Partie V

Quelques semaines plus tard, Bruno et moi sommes invités chez ses parents pour la journée familiale. Dans la famille Boivin, c'est une journée qui est réservée une fois l'an. Il y a des activités organisées entre les membres de la famille et le tout se termine avec un gros souper. Cette année, l'activité des filles, c'est-à-dire, Marthe, Virginie et moi, est de magasiner... pour mon mariage! Merde! J'ai beau riposter, expliquer que mon magasinage est planifié avec ma meilleure amie et ma coloc, rien n'y fait. Elles ont déjà leur idée faite.

On se retrouve donc, la mère de Bruno, sa sœur et moi sur la plaza St-Hubert pour essayer des robes de mariée. Je suis tellement mal à l'aise! Par contre, je dois avouer que les robes sont époustouflantes et après quelque temps, je me laisse prendre au jeu et je me trouve belle habillée comme une princesse! Je dois par contre faire la difficile et feindre que je n'ai rien trouvé d'intéressant, puisque je ne veux pas *vraiment* m'acheter une robe de mariée. En fait, j'ai presque le goût d'en acheter une. Pour un jour. Cette pensée m'effleure l'esprit une minute, puis me fait penser à Clément et soudain, je suis triste. Nous revenons de notre magasinage bredouille. J'explique que mon ami qui travaille dans un grand magasin pourra peut-être trouver une robe de designer moins chère. Si seulement Marthe et Virginie savaient que je suis en train de leur parler du chum de Bruno! Je trouve mon mensonge cocasse, mais je me sens aussi coupable de leur monter un bateau comme ça. Elles sont toutes énervées par les préparatifs et elles ont hâte au grand jour qui ne viendra jamais (en tout cas, pas avec moi) et je continue d'alimenter leurs espoirs. Pour de l'argent. Mais c'est quand même la famille de Bruno et c'est lui qui m'a demandé de faire ça alors je me sens moins coupable. En tout cas... Un peu moins...

Un soir d'automne, je reçois un appel de Julien, le joueur du Canadien, qui me demande si je suis disponible le soir même pour aller souper avec lui. Je sors souvent avec Julien. Il m'amène dans pleins d'événements de hockey, de la ligue nationale et tout. Il est très gentil, il est drôle et il est tellement connu que c'est spécial de toujours se faire regarder et arrêter partout où on est pour qu'il signe des chandails, des serviettes de table et même des parties de corps. Les petits gars sont tellement contents de le voir. Ils ont leur héros devant eux, leurs yeux sont brillants! Et les filles aussi ont les yeux brillants! Et elles sont groupies! Certaines lui donnent même parfois des sous-vêtements avec leur numéro de téléphone dessus! Toujours est-il que je suis bien contente d'avoir un souper ce soir, d'autant plus que je n'ai pas eu de client cette semaine, ça va m'aider financièrement. Je mets un grand soin à choisir mes vêtements pour l'occasion. Je choisis finalement une petite robe.

C'est tellement facile, mettre une robe, ça nous habille en un rien de temps. Il reste seulement à coordonner avec les bons souliers et des bijoux. Julien vient me chercher à l'appart dans sa Audi TT. On se rend sur la rue Crescent. Durant le trajet en voiture, je regarde à l'extérieur. J'aime être témoin de la vie de la ville à son insu. J'aime regarder les passants, qui reviennent de travailler avec leur sac d'ordinateur portable, ou avec leurs commissions pour le souper. Certains promènent leur gros chien et d'autres traînent leur petite marmaille qui peine à marcher aussi vite que leurs parents, du haut de leurs mini-jambes, après une longue journée à la garderie. Je fais part de mes observations à Julien, qui commente avec moi. Julien et moi on jase toujours de pleins de choses, on ne s'ennuie jamais ensembles.

Nous arrivons au resto et il arrête la voiture. Il sort et fait le tour de son véhicule pour venir m'ouvrir la portière. Il est tellement galant! Je sors à mon tour et Julien lance les clés au voiturier empressé. Nous entrons dans le restaurant et comme à l'habitude lorsque je suis avec lui, je sens des têtes se tourner sur notre passage. Des conversations arrêtent, des regards se posent sur nous. Des chuchotements me parviennent. Et lorsque je regarde ces gens, ils font semblant de rien et essaient de reprendre leurs activités normales, mais ils ont l'air tout sauf normaux. Assis à notre table, ça prend plusieurs minutes avant qu'on puisse parler, parce qu'un groupe de filles vient voir Julien pour avoir une série d'autographes et pour tenter de lui soutirer quelque chose de plus. Elles me dévisagent de la tête aux pieds et je me demande ce qu'elles se disent. C'est évident qu'elles sont jalouses, mais j'aimerais bien être dans leur tête le temps de savoir ce qu'elles pensent. Elles s'imaginent certainement que je suis sa copine.

Après avoir serré des mains, pris des photos avec les filles en chaleur, et signé plusieurs serviettes à main, Julien prend enfin ma main à moi dans la sienne et me dit :

-Emma (C'est mon seul client qui connaît mon vrai nom). J'ai quelque chose à te proposer. Premièrement, j'ai appris aujourd'hui que mon équipe m'a échangé. Je vais aller jouer à New York.
-Oh! Est-ce que c'est une bonne nouvelle?
-C'est correct. New York, c'est pas si loin et c'est vraiment une super ville! Je vais pouvoir revenir souvent voir ma famille, et pour le travail, je m'en fous. J'aime jouer au hockey alors jouer n'importe où, ça m'importe peu. Ce que je veux te proposer, c'est qu'on se marie et que tu viennes vivre avec moi à New York. Tu seras mon épouse, ce ne sera pas un contrat d'escorte.
-Hey! Je suis pas une escorte!
-On va être un vrai couple. Je gagne assez d'argent pour te faire vivre, tu pourras profiter d'une grande maison, à Long Island, je vais t'acheter la voiture de ton choix et tu auras un compte de dépenses personnel. Tout ce que tu auras à faire, c'est être là pour moi, être une épouse fidèle, parce que je n'aimerais pas voir le mot *cocu* à côté de ma face dans les journaux. C'est la seule chose que je te demande. J'y ai réfléchi et je crois que tu es la meilleure pour ça.

-Euh. Je m'excuse, je ne comprends pas très bien. Tu me fais une proposition de mariage. Visiblement, ce n'est pas une déclaration d'amour. C'est pour une couverture?
-Non! Pas du tout. Mon rêve le plus cher avec jouer au hockey a toujours été de me marier à une belle femme gentille qui me chérirait et avoir des enfants qui viendraient voir mes matchs. Je veux une petite famille parfaite et toi, tu es parfaite pour ça. Tu es belle, tu as de la classe, tu es très à l'aise dans toutes les occasions. Et on fait un beau couple.

Merde. Il me prend de court, ce soir. Je n'ai jamais pensé à me marier avec Julien. Je ne suis pas en amour avec Julien. Il est beau, gentil et riche. Et bon au hockey, certes. Pour une soirée c'est correct, mais je ne me vois pas avec lui à long terme. Il n'y a aucune étincelle, je n'ai pas de papillons quand je le vois. Merde! En passant aux papillons, je viens de penser à Clément! Et là, je suis triste.

-Julien, c'est quoi cette proposition-là? Tu me demandes en mariage sans aucune émotion. Même mon boucher est plus sensible que ça quand il me décrit ses coupes de viande. Écoute. Je suis vraiment flattée que tu penses que je puisse être une bonne épouse et je souhaite que d'autres hommes pensent la même chose un jour. Mais quand je vais me marier, ce sera parce que je serai en amour! Je ne suis pas en amour avec toi, je m'excuse.
-Mais je vais t'offrir une belle vie! Penses-y! New York! Tu vas pouvoir magasiner autant que veux! Tu vas pouvoir côtoyer des stars tous les jours. Tu

pourras promener notre bébé dans un landau Vintage à Central Park. Je sais que c'est ton genre, ça!

Là, je souris. Parce que c'est vrai que c'est mon genre. Il me connaît si bien. Peut-être que je devrais dire oui? Peut-être que ce n'est pas si important d'être en amour, tant qu'on est complice?

-Tu m'offres de la richesse et du confort, mais je serais loin de chez moi. Je n'aurais pas mes amis autour de moi, je ne serais pas dans ma ville. Et tu serais souvent à l'extérieur. Ce n'est pas tout la richesse pour avoir une belle vie. Si on fait notre vie ensemble sans s'aimer, imagine ce qui arrivera le jour où on tombera en amour. Ce sera épouvantable! Tu auras un divorce médiatisé. Au lieu de ça, laissons passer l'occasion et attendons le bon moment. Tu vas peut-être rencontrer la femme de ta vie à New York. Et tu seras content de ne pas être marié avec moi!

Julien a vraiment l'air dépassé par ce que je lui dis. Il n'a pas l'air triste, on dirait qu'il ne conçoit pas que je puisse ne pas être intéressée par sa proposition *extraordinaire* et unique! Moi ça me dépasse que quelqu'un puisse penser qu'on ne peut pas dire non à sa proposition. C'est dommage, Julien est un super bon gars avec plein de volonté, mais il est enfant unique et je crois que ses parents l'ont habitué à avoir tout ce qu'il désirait. Et ses employeurs aussi. Alors maintenant, il croit que c'est normal que tout le monde dise oui à ce qu'il veut. Moi plus tard, lorsque j'aurai des enfants, j'en aurai au moins deux. Comme ça, ils vont apprendre qu'il faut partager et ils ne s'attendront pas à avoir tout ce qu'ils veulent juste parce qu'ils l'ont demandé... En tout cas. Nous continuons notre repas en discutant de tout et de rien, en évitant la question du mariage.

En sortant du resto, je demande à Julien de ne pas venir me reconduire. J'ai environ une heure et quart de marche à faire pour arriver chez moi. L'air d'automne est frais, le vent doux. C'est vendredi soir et il y a plusieurs personnes au centre-ville. C'est un très beau soir pour marcher longtemps. Et réfléchir. J'embrasse Julien sur les joues et je lui souhaite bonne chance à New York. Il me dit de conserver son adresse courriel et qu'il va me donner de ses nouvelles. Il dit que peut-être qu'une fois qu'il sera parti, je me rendrai compte à quel point il me manque. Il me dit qu'une fin de semaine à New York en sa compagnie me convaincra de ne pas revenir à Montréal. Que de belles paroles! Si seulement Clément pouvait me parler comme ça maintenant!

Je le quitte et je me mets à marcher dans la nuit du centre-ville. J'aurais pu me marier et être une épouse d'une vedette du hockey! C'est quand même cool! Mais je ne veux pas passer ma vie à faire semblant. Je veux rencontrer un vrai mari, qui va m'aimer et que je vais aimer. Je suis certaine qu'il y en a un gars comme ça, quelque part! Je prends par exemple, Pierre-Olivier, le mari de Florence! Ils s'entendent si bien depuis longtemps. Ils rient ensemble, se complètent dans les choses du quotidien et font une bonne équipe pour s'occuper des enfants. Et ils s'aiment tellement, ils s'embrassent toujours et se disent des mots cutes.

Et Florence est vraiment heureuse avec lui. Je suis certaine que je trouverai un jour. Peut-être un prochain client? En pensant à mes clients, je pense à Bruno. Et je pense à Clément, encore. Je ne me sens pas très bien. En fait, j'ai vraiment envie de pleurer.

Soudain, je repense à l'escapade de magasinage pour mon faux mariage avec la mère et la sœur de Bruno et je suis très confuse. La culpabilité ne me quitte pas. Je sais exactement quoi faire dans un moment comme celui-là. C'est la même chose que je fais tout le temps quand ça ne va pas. Tout en continuant de marcher, je sors mon téléphone de mon sac et je compose le numéro de Florence pour lui demander de venir me chercher dans son camion familial et de m'accueillir chez elle. J'ai besoin de ma dose de Flo. Après quelques jours dans sa famille, je me sens toujours revigorée et je suis prête à repartir pour quelque temps. Mais cette fois-ci, ce qui m'attend chez Florence n'est pas sa bienveillance habituelle.

***

Je suis assise dans le salon chez Florence avec Charlotte et Simon sur moi. Ils écoutent T'choupi et Doudou en chantant joyeusement la chanson-thème. D'habitude, je chante avec eux. Je la trouve vivante et drôle la chanson de T'choupi. Florence dit toujours que ça la rend folle parce qu'elle connaît par cœur toutes les chansons d'enfants. Mais aujourd'hui, je suis carrément déprimée. Si seulement je pouvais retourner à l'âge de 4 ans, ou tout ce qui importait était l'émission que je regardais à la télévision et avec quel toutou je la regardais. Je veux revenir en arrière. Je veux me coucher en petite boule et me réveiller quand je vais me sentir mieux. Quand Clément reviendra. J'en suis presque rendue à verser des larmes en serrant Charlotte sur moi quand Florence m'appelle de la cuisine. Je pose Charlotte et Simon sur le divan et je me lève péniblement pour aller la rejoindre :

-Em, je te prête les clés du camion, tu pourrais aller m'acheter des œufs, s'il te plait, j'en ai plus pour la tarte Tatin.
-Tu veux que je sorte? Je suis en pyjama. Je suis triste, je n'ai pas l'énergie d'aller à l'épicerie. Il va sûrement y avoir des couples à l'épicerie.
-Oui, sûrement. Comme ici; il y a un couple, ici. Et puis il est 17 h, il serait peut-être temps que tu

t'habilles.
-Mais je feele pas.

Et c'est là que Florence la douce est substituée par une créature que je n'avais jamais vue. Elle se fâche! Florence ne se fâche jamais. Mais là, elle se fâche! Elle se met à crier après moi, une louche à la main, qu'elle agite dans les airs pendant qu'elle crie :

-Emma, penses-tu que moi, je feele tout le temps? Penses-tu que moi, je me lève à tous les matins, joyeuse et pimpante? Non! Moi non plus des fois j'feele pas et moi non plus des fois j'ai pas le goût de m'habiller. Mais je me lève quand même et je m'habille, et je fais la cuisine et le ménage et le lavage et je m'occupe des enfants. Sais-tu pourquoi? Parce que j'ai des responsabilités. Parce que la vie, c'est pas juste avoir du fun tout le temps. Il y a des jours où c'est plus dur, mais il faut que tu affrontes ces journées-là. On a tous des responsabilités, Emma. Moi c'est mes enfants, ma maison, ma famille. Et toi? C'est quoi, toi tes responsabilités, Emma? Penses-y, trouve-les. Il est temps que tu te prennes en main. Tu as 27 ans, Emma! Il faut que tu avances un peu et que tu cesses d'avoir pitié pour toi-même, parce que tu ne fais pas pitié. Tu es pleine de ressources, tu es belle et intelligente. Utilise donc ces qualités à ton avantage, pour te trouver un vrai travail au lieu de les gaspiller comme tu fais maintenant, à sortir avec n'importe quel vieux dégueu qui est obligé de payer pour qu'une femme veuille sortir avec lui. Et arrête de te plaindre parce que moi, ce que je vois en toi, c'est une belle fille libre qui a des beaux vêtements, qui sort quand ça lui plaît et qui a du fun tous les jours!

Des grosses larmes commencent à rouler sur ses yeux et elle part se réfugier dans la salle de bain. J'entends un sanglot étouffé puis le bruit de la sécheuse qui démarre. Sûrement pour ne pas que les enfants entendent leur maman pleurer. C'est fou, quand on est une mère, dans toutes les situations, on agit pour le meilleur pour nos enfants. Toujours est-il que je reste au milieu de la cuisine, en pyjama, à 17 h, avec mon amie qui pleure dans la salle de bain. Et je me dis que c'est ma faute.

Merde! Quelle méchante je suis! À cause de moi, Florence pleure dans les toilettes et Bruno est dans une situation vraiment embarrassante, parce que son père croit que je le trompe. Je suis la pire des nouilles! Pourquoi je me mets toujours dans le pétrin?

Ce soir-là, je vais dans la chambre d'ami de Florence et je reste couchée en petite boule sur le lit. Je fais le souhait que tout redevienne comme avant. Que mon père ne soit pas mort. Que je finisse mon cours de coiffure et que j'ouvre un super salon qui ferait fureur! Je ferais des coupes tendance et le jeudi soir, ce serait comme un salon de coiffure-bar, avec des DJ et des drinks. Et j'aurais plein d'amis, et tout le monde aimerait mon salon et voudrait se faire coiffer par moi et je serais invitée dans plein de soirées cools! Mais ce n'est pas la réalité. La réalité c'est que je n'ai pas beaucoup d'amis et que ceux que j'ai, je leur fais de la peine. Je n'ai pas de salon de coiffure, je n'ai même pas de vrai métier. Je suis une menteuse professionnelle et j'ai perdu mon chum à cause de ça. Je mens tellement à tout le monde et je mens tellement bien que je me mens à moi-même et je me crois.

***

Le lendemain matin, c'est samedi. Je me lève tard, car je ne feele pas encore très bien. Je tends l'oreille depuis mon lit. C'est étrange. D'ordinaire, j'entends les enfants qui parlent et la vieille musique française, genre Édith Piaf, celle que Flo met toujours quand elle cuisine. Je sors de la chambre d'ami et je descends l'escalier. Florence n'est pas dans la cuisine quand j'y entre et les enfants non plus. Pas non plus d'odeur d'œuf bénédictine au saumon fumé et chèvre. Il y a seulement Pierre-Olivier qui boit un café noir en lisant La Presse, Le Devoir et La Gazette. Pierre-Olivier est un friand de culture générale. Il se tient très au courant de l'actualité et aime beaucoup analyser tout ce qui se passe, surtout la politique, l'économie et la sociologie. Quand il me voit, il me dit bonjour en levant la tête, mais il la replonge aussitôt dans son journal. Je ne veux pas l'interrompre, même si j'aimerais beaucoup savoir où est Florence et si elle va faire un déjeuner, mais je ne parle pas. Je me fais plutôt un énorme toast au beurre d'arachides et je m'assois en face de lui en espérant qu'il dise quelque chose. Mais il ne dit rien. Je commence à manger mon toast. J'attends. P.O. me rend toujours un peu mal à l'aise, je ne sais jamais quoi lui dire. Comme il continue de lire son journal, je me risque à parler :

-Hum. Hum. C'est bon, les nouvelles?
-Oui.

Merde. C'est tout?

-Heu. Flo et les enfants sont pas là?
-Non. Ils sont partis au parc. Florence avait besoin de changer d'air un peu.
-Ah. Euh... Tu sais quand ils vont revenir? J'aimerais lui parler.

Pierre-Olivier lève la tête (enfin) et me regarde dans les yeux. Je crois que j'aimais mieux quand il lisait son journal, finalement. C'est un peu intimidant :

-Tu veux lui parler?
-Oui. Je me sens un peu mal pour hier, je veux savoir si elle va mieux.
-Si elle va mieux? Et pourquoi elle n'irait pas bien?
-Euh (j'pensais qu'en couple, on se disait tout. On dirait qu'elle ne lui a parlé de rien. Je ne sais pas trop quoi répondre.) Ben, elle était triste, je crois. Je pense que je lui ai fait de la peine...
-Tu penses? Tu veux dire que tu n'es pas certaine de ce qui s'est passé hier soir, c'est ça? Emma, ouvre tes yeux. Tu es rendue à 27 ans. Tu n'as pas de vrai travail. Tu as une coloc qui paye souvent ton loyer à ta place. Tu as une mère qui t'aime, mais que tu ne vois jamais! Tu ne l'as même pas appelée à Noël! Tu avais un chum super que tu as fait fuir parce que tu as manqué d'honnêteté. Et tu as une meilleure amie qui fait tout ce qu'elle peut pour te remonter le moral quand ça ne va pas, c'est-à-dire assez souvent. Tu

viens squatter chez nous des jours entiers et tu te promènes dans la maison en pyjama comme une âme en peine sans t'apercevoir que tout le monde autour de toi s'échine à te rendre la vie plus facile.
-Mais je suis une âme en peine!
-C'est ça, le problème, Emma! Tu t'apitoies sur ton sort. Tu te demandes comment ça se fait que tous les malheurs te tombent dessus, mais t'es tu déjà arrêtée à penser à comment tu agis? As-tu déjà pensé que c'est peut-être toi qui fait que ta vie est ce qu'elle est et que les autres, ils travaillent aussi pour faire de leur vie ce qu'elle est? Au lieu de passer ton temps à chialer sur ton pauvre sort, demande-toi donc pour une fois ce que tu pourrais faire pour que ta vie soit autrement!

Sur ce, Pierre-Olivier se lève et il monte à l'étage. Il ferme la porte de sa chambre et quelques secondes plus tard, j'entends le bruit de la douche. Je reste assise à la table avec mon énorme toast et là, c'est moi qui pleure.

***

Je suis de retour à l'appart. Je suis partie en douce, pendant que P.O. était dans la douche et que Flo était encore au parc avec ses enfants. Je ne me sentais plus trop bienvenue chez eux. J'ai laissé une note d'excuses. J'espère qu'ils voudront me rappeler. Je suis triste et je n'arrête pas de penser à ce qui s'est passé et à ce que Florence et Pierre-Olivier m'ont dit. Et je me demande s'ils sont raison... Pour l'instant, je n'ai pas trop le temps d'y penser, je dois me préparer. J'ai une sortie avec Bruno, pour son travail. Le contrat est signé entre GBF Immobilier et Ecohabit. C'est un souper officiel, pour célébrer, alors il faut jouer le jeu un peu encore.

Bruno n'est pas fâché contre moi, pour l'histoire du bar de l'hôtel W, mais je me sens mal tout de même. À cause de moi, la situation est un peu tendue au bureau entre Bruno et son père. On dirait même qu'Éva et Domenico ne se parlent presque plus. Peut-être qu'ils se sont chicanés? En tout cas, ça rend les sorties un peu pénibles, mais je sais qu'à part Eva, Domenico, Gilbert et Clément, personne n'est au courant de ma fausse infidélité envers mon faux fiancé. Gilbert n'en a pas parlé à sa femme pour protéger ses sentiments donc dans la famille de Bruno, les gens ne savent rien du tout de ce qui s'est passé.

Une chance, parce que j'aime beaucoup Marthe et je n'aimerais pas qu'elle pense que j'ai trompé son fils.

D'ailleurs, Marthe vient de partir en voyage. Chaque année, comme son mari travaille beaucoup et qu'elle le voit peu, il lui offre un voyage dans un pays de son choix avec une de ses amies. Il croit qu'elle prendra leur distance moins durement. Marthe est bien heureuse de partir chaque année, mais elle m'a confié l'autre jour qu'entre un voyage payé et vivre au quotidien avec la présence de son mari, elle choisirait bien certainement Gilbert. Quoi qu'il en soit, cette année, Marthe et son amie Jocelyne ont décidé de faire un très grand voyage, puisque c'est le dernier qu'elles s'offriront ensemble, avant la retraite de Gilbert, prévue pour bientôt. Elles partent pour six mois faire un mini tour du monde. Elles feront des voyages organisés les uns après les autres, parce que c'est moins compliqué. Elle m'a appelée avant son départ pour avoir des conseils mode pour sa valise! J'ai trouvé ça flatteur! Moi Emma... Euh... Je veux dire Victoria! Je suis une conseillère mode!

***

Nous sommes sur la rue Crescent. Après avoir mangé un excellent repas dans un resto branché, nous traversons dans la partie lounge. Je n'ai absolument pas le cœur à la fête ni à faire semblant de quoi que ce soit. Je vois Clément qui jase avec une comptable de l'entreprise. Une comptable-mannequin, je devrais dire. Je ne sais pas où Gilbert embauche ses employées féminines, elles ont toutes l'air droit sorties d'agences de mannequins. Peut-être que c'est là qu'il les prend. J'ai appris que certains propriétaires de resto vont chercher leurs serveurs dans les agences pour vrai. Parce que des beaux serveurs et des belles serveuses, ça attire la clientèle. Tout ça pour dire que je suis jalouse que Clément accorde son attention à une fille devant moi. Je l'ai regardé plusieurs fois durant la soirée, en tentant de capter son attention, par un sourire, mais il détournait la tête à chaque fois. Je crois qu'il est vraiment fâché.

Si seulement je pouvais savoir ce qui se passe dans sa tête à ce moment-ci, ça simplifierait les choses. En fait, de son côté, Clément s'ennuie aussi. La place où on se trouve est dynamique, certes, et il ne manque pas de belles personnes pour se changer les idées, mais Clément n'a pas la tête à faire de nouvelles rencontres. En fait, il a la tête ailleurs depuis quelques semaines.

Sa malheureuse aventure avec moi l'a laissé triste, mais aussi perplexe. Il m'aime beaucoup et il ne comprend pas comment il a pu se tromper à ce point sur moi. *Elle semblait être une bonne personne et je n'aurais jamais pensé qu'elle était menteuse ou une profiteuse*, pense-t-il. Après avoir parlé à Florence et à Pierre-Olivier qui me connaissent bien et à Bruno, il en arrive a la conclusion que je n'ai jamais trouvé ma place dans la vie et que je la cherche encore. Selon lui, je me suis fait prendre à quelque chose de facile et j'ai encore un peu de chemin à faire avant de trouver ce que je ferai de ma vie. Et je dois aussi prendre conscience des conséquences de mon attitude sur les personnes qui m'entourent. Clément m'aime beaucoup, mais il pense que je dois cheminer encore pour qu'il puisse tenter un rapprochement. Il a encore en travers de la gorge mon manque d'honnêteté et de jugement.

Il se prête à ces réflexions tout en regardant Sheila, la comptable de la compagnie lui parler du nouvel homme qu'elle a dans sa vie, un millionnaire qu'elle a rencontré à St-Martin et qu'elle projette d'aller rejoindre à Santa Monica, où il habite. Si seulement je savais de quoi ils parlent elle et lui! Je ne m'en ferais pas autant! Soudain, Clément la prie de l'excuser et se dirige vers les toilettes. Il n'a pas d'autre but que de changer d'air. Il sort son iPhone pour vérifier s'il n'a pas un message auquel il pourrait répondre ou encore s'il n'a pas quelque chose d'intéressant à commenter sur Facebook, quand il croise Gilbert Boivin. Celui-ci est dos à Clément, de sorte qu'il ne le voit pas. Il est au téléphone et il parle manifestement à une femme.

Clément se recule un peu pour mieux entendre et fait mine d'être absorbé par un courriel quand il entend son patron dire :

-Tu es la plus belle ce soir. Je suis devant les salles de bain. Je t'attends. Tu te rappelles notre soirée à Londres? On pourrait refaire pareil...

Clément sait que la femme de Gilbert est partie en voyage avec une amie. Ce n'est donc pas à elle qu'il s'adresse. Il se dit un instant qu'il vaut mieux ne pas se mêler de ça et il prend le chemin inverse pour retourner au bar. Il va boire plusieurs drinks, jusqu'à ne plus se sentir et il ira se coucher ensuite. En pensant à son plan pour le reste de la soirée, il croise Eva Toledo qui se dirige vers les toilettes. Et tout d'un coup, une illumination traverse son esprit. Eva est l'assistante personnelle de Gilbert. Quoi de plus cliché, mais de moins surprenant qu'elle soit aussi sa maitresse!

Pendant ce temps, Bruno et moi on est ensembles au bar. Bruno est en train de me dire comme il a hâte de retrouver Jamel et qu'il trouve que cette soirée manque d'entrain, lorsque j'aperçois Clément qui se dirige rapidement vers nous. Je me lève d'un trait, trop heureuse qu'il vienne me voir. Peut-être qu'il s'est rendu compte en écoutant parler Sheila que je suis l'amour de sa vie? Mais il ne m'accorde même pas un regard. Il s'adresse à Bruno, avec son ton calme habituel, dans lequel je peux quand même percevoir un brin d'urgence:

-Je ne veux pas me mêler de ce qui ne me regarde pas et je suis très mal à l'aise de faire ça, mais si je ne me trompe pas, il y a quelque chose que tu devrais voir dans les salles de bain.

Bruno se lève et prend le chemin des toilettes. En poussant la porte de la salle de bain des hommes, il ne voit rien. Il se dirige donc vers la sortie, pour aller voir dans la salle de bain des femmes. Toutefois, avant qu'il ne sorte, la voix étouffée d'une femme qui lui parvient d'une cabine lui indique qu'il a probablement trouvé ce que Clément lui avait indiqué. Il s'apprête à sortir de la salle de bain pour attendre le mystérieux duo à l'extérieur (il ne veut quand même pas être témoin de trop de détails), quand la porte de la cabine s'ouvre sur Eva et Gilbert. En s'apercevant les uns les autres, tous les trois restent figés.

Bruno est estomaqué. Son père a une aventure. Avec Eva Toledo, son assistante, qui a la moitié de son âge. Plein de questions font surface en même temps dans sa tête. Depuis quand cela dure-t-il? Est-ce l'affaire d'une fois? Eva fait mine d'être gênée par la situation, s'excuse et s'éclipse rapidement de la pièce. Gilbert a l'air un peu embarrassé, mais son air froid et impassible demeure sur son visage. Il attend que Bruno parle le premier, ce qui ne tarde pas à arriver :

-Maman n'est pas là. On ne gâchera pas son voyage, mais à son retour, je veux que tu lui parles de ça. Sinon c'est moins qui le ferai. Tu as fait la même chose pour moi, en me disant que Victoria m'avait trompée, c'est la moindre des choses que maman soit au courant.

Elle mérite de savoir ce qui se passe et tu peux compter sur moi pour ça.

Et il quitte la salle de bain. Il me rejoint au bar, où je l'attends, dans l'espoir que Clément vienne me tenir compagnie. Toutefois, quand Bruno revient, je suis toujours seule. Il me prend par la main et m'entraîne vers la sortie du bar. Je ne sais pas du tout ce qui se passe, alors je ne comprends pas pourquoi on quitte si brusquement. Et je me demande ce qu'il a trouvé dans les salles de bain.

***

Depuis l'incident à l'hôtel W, je n'ai plus le cœur au travail. Je continue d'avoir beaucoup de clients et de voir plein d'endroits super, mais je m'ennuie. Je trouve mes clients inintéressants, et mes sorties vides de sens. Je ne vois plus l'intérêt d'accompagner des hommes que je ne connais même pas et de faire semblant de trouver les gens drôles et agréables. Je suis épuisée de faire semblant et je manque d'ardeur. Je crois que mes clients le sentent, car les réguliers m'appellent de moins en moins. Je sens que ma vie ne s'en va nulle part. J'aimerais trouver quelque chose de *normal* à faire de ma vie. Quelque chose qui me rendrait fière de moi, que je serais contente de dire aux gens. Soudain, quelque chose, comme une révélation me frappe en plein visage: Je ne suis pas heureuse. Depuis longtemps. En fait, je ne sais pas si je l'ai déjà été. Oui, je crois que je l'ai été, quand j'étais petite. Depuis que je suis partie de la maison de ma mère, depuis que je suis autonome, je n'aime pas vraiment ma vie. Mais comme on se laisse prendre dans le tourbillon du quotidien, le travail, les restaurants, les 5 à 7, les soirées avec les amis, tout ça, on oublie de s'arrêter et de se demander ce qu'on veut vraiment. Bien sûr, j'ai eu du bon temps. J'ai de bons amis, une bonne coloc et j'adore mon appart. Par contre, il faut que je trouve ce qui emplirait mon cœur tous les jours.

Je repousse la question depuis plusieurs années, en me disant que je vais bien finir par trouver un jour, que la réponse va se présenter à moi. Mais elle ne se présentera pas toute seule, j'ai bien peur. Mais, j'ai aussi peur de chercher à l'intérieur de moi. Tout d'un coup je me rends compte que depuis le début, j'ai passé à côté de ma vie et que ma vocation est d'aller faire de l'aide humanitaire au Guatemala? Je ne voudrais pas faire une découverte horrible sur moi-même en cherchant dans mon intérieur alors je pense qu'il est plus sage de faire semblant de rien. Mais en même temps, il faut que je me pose *un peu* de questions. Parce que cette vie-là, je ne l'aime plus.

Je sors avec un gars d'Ottawa venu à Montréal pour la fin de semaine. Toute la soirée, il parle fort, il rit fort, il raconte des blagues vraiment inappropriées, il tape même les fesses de la serveuse! Il me colle un peu trop et je dois toujours me distancer de lui discrètement, mais j'ai hâte que la soirée finisse. À un moment, je ne suis plus capable de l'endurer. J'ai fait mon effort et je vais mériter mon argent ce soir. Je l'interromps dans le récit de la blague de mauvais goût qu'il est en train de raconter à ses collègues qui ont l'air de le trouver aussi pénible que moi, pour lui dire que je dois quitter la soirée. Il est surpris, mais il insiste pour venir me reconduire en taxi. J'accepte. C'est certain que je ne vais pas dire non à un lift. Dans le taxi, il s'approche de moi et il met son bras autour de mes épaules. Je me tasse un peu vers la portière de mon côté et je remets son bras à sa place, c'est-à-dire pas autour de mes épaules. Je crois qu'il le prend mal, parce qu'à ce moment, il se fâche. Il commence à dire que toute la soirée, je l'ai collé et que là, je le repousse! Il m'attrape par le poignet et il continue de crier en anglais, mais là, il crie trop vite pour que je comprenne tout ce qu'il dit, ça dépasse mon niveau de bilinguisme. Ses insultes que je ne comprends pas me fâchent. Je ne sais pas ce qu'il dit, mais je n'ai pas à me faire insulter par lui. Je demande au chauffeur de s'arrêter où on est. J'ai l'intention de faire le reste du trajet à pied. Le chauffeur arrête la voiture. Il descend et ouvre la portière de mon client en lui ordonnant de descendre. Mon client est hors de lui, mais il obtempère. Je lui demande mon dû pour la soirée, mais il me crie *Fuck you*! Je suis vraiment fâchée. J'ai le goût de sortir de la voiture, de le frapper, de lui crier après à mon tour, mais je ne crois pas qu'en fin de compte, je vais ravoir mon argent. Le chauffeur referme la portière et il s'empresse de rembarquer dans la voiture et de démarrer, laissant mon client vociférer seul sur le trottoir. Je suis triste et épuisée. J'ai le goût de pleurer. Le chauffeur me regarde dans le rétroviseur et il me dit que je n'ai pas été payée, mais qu'au moins, je suis sauve. Je lui fais un maigre sourire, mais je ne me sens pas bien. Je me demande comment j'en suis venue à me faire insulter par des hommes que je ne connais même pas pour de l'argent. Et ce soir, complètement gratuitement. Je rentre chez moi, échevelée, vidée. J'ai passé une très mauvaise soirée. Je n'ai eu aucun plaisir, je n'ai pas été payée et ça m'a même coûté un taxi. Je me dis qu'il est vraiment temps que je change de vie. C'est rendu n'importe quoi!

Depuis que Pierre-Olivier et Florence se sont fâchés contre moi, j'ai réfléchi à tout ce qu'ils m'ont dit. Et quelque chose me trotte dans la tête sans que je puisse passer à l'action. J'aimerais appeler ma mère, France. Elle me manque. Je l'aime, ma mère. Je m'ennuie d'elle, mais ça me met tout à l'envers quand je la vois déambuler dans sa maison comme si c'était elle qui était morte. Elle est en robe de chambre et elle parle à mon père. Ça me désole de voir qu'elle a arrêté de vivre en même temps que lui alors qu'elle, est encore en vie. Mais ça fait vraiment longtemps que je ne lui ai pas donné de nouvelles. Je crois que je devrais le faire, mais peut-être qu'elle ne voudra pas me parler. J'y pense depuis quelques semaines. Je dois décider d'un moment où je l'appellerai maintenant, sinon, je ne le ferai jamais. Je décide donc que dimanche serait le bon moment pour l'appeler. Ça me donne le temps de me faire à l'idée et de ramasser mon courage. Le mieux, ce serait qu'elle soit absente quand j'appellerai, comme ça, je pourrais laisser un message sur le répondeur et ce sera moins gênant comme premier contact. Mais elle n'est jamais absente.

Pendant que je réfléchis à ma mère, Domenico Razzio se réveille après une courte nuit de sommeil. Comme chaque fin de semaine, il est sorti jusqu'aux petites heures du matin et il a abusé de l'alcool et de la cocaïne. Il se retourne et enlace Eva qui dort près de lui. Ils sont dans la grande chambre lumineuse du luxueux appartement d'Eva. Elle ouvre les yeux et sourit à Domenico. La sonnerie de son portable retentit. Elle se redresse et prend l'appel. Gilbert est au bout du fil. Il annonce à Eva qu'il doit lui parler maintenant et qu'il est en route pour la voir. Eva se lève d'un bond et lance son portable sur le lit en disant à Domenico:

-Gilbert s'en vient. Allez vite, va t-en.
-Ah! Mais ça va finir quand tout ça? Pendant combien de temps encore on va devoir se cacher?
-C'est presque fini. Je ramasse tout l'argent que Gilbert me demande de transférer pour lui et bientôt, j'en aurai assez pour qu'on parte toi et moi. En plus de tout l'argent que tu me donnes à transférer dans le compte des îles Caïmans en sauvant sur les matériaux des maisons. On devrait pouvoir s'en tirer pour une belle retraite très bientôt... En attendant, lève-toi et va-t-en!

Domenico attrape ses vêtements et les enfile en se dirigeant vers la sortie. Il sort de l'appartement encore tout brouillé et se dirige vers l'ascenseur, pendant qu'Eva saute dans la douche.

Elle a tout juste le temps d'en ressortir, d'enfiler un peignoir en soie, ses souliers à talons hauts Louboutin et d'enduire ses lèvres de rouge avant que Gilbert entre. Elle est en train de verser deux tasses de café. Elle en tend une à Gilbert qui la prend et il lui dit :

-Il faut qu'on le fasse bientôt. On doit partir dans moins de six mois. Ma femme revient de voyage dans ces délais et Bruno va lui parler de toi et moi. Je ne peux pas divorcer, je vais devoir céder la moitié de tous mes avoirs à Marthe. C'est trop d'argent gaspillé. De l'argent dont on pourrait profiter toi et moi. Je vais te donner le numéro d'un compte que je gardais pour une situation semblable à celle-ci. Je veux que tu transfères cet argent dans le compte en Suisse. Je veux aussi que tu nous prennes deux billets d'avion pour Genève avant le retour de ma femme. Le compte à rebours est commencé, ma belle.

Gilbert termine son café presque d'une traite et ressort de l'appartement, après avoir embrassé sa maîtresse.

***

Le dimanche suivant, je me lève tôt. Je suis stressée, car je sais que c'est aujourd'hui que j'appelle ma mère. Je dois attendre une heure décente, car je ne veux pas la réveiller. Quand même, je veux mettre toutes les chances de mon côté. Elle sera surprise de m'entendre, alors si je la réveille, elle va être mêlée et même peut-être fâchée. Je prends une douche. Ensuite, je choisis mes vêtements avec soin. Je ne sais pas pourquoi, puisqu'elle ne verra pas mes vêtements au téléphone, mais ça passe le temps, de me concentrer sur autre chose et j'ai besoin de me sentir à mon meilleur pour appeler ma mère. Ensuite, je prends un café au chocolat avec du caramel. Et puis encore un autre. Et puis finalement, je ne tiens plus en place (c'est sûrement le chocolat). Je prends le combiné du téléphone et je compose le numéro de France. En fait, je ne le compose pas au complet, parce que j'appuie sur *fin de la conversation* avant d'entendre la sonnerie. Je prends une grande respiration et j'essaie de nouveau. Même chose. Rien à faire, je n'y arrive pas. Tout d'un coup, j'ai l'idée de me rendre chez ma mère à la place de lui téléphoner. Je sors donc de l'appart rapidement, pour ne pas changer d'idée et je me mets à marcher rapidement vers le métro Mont-Royal. Si j'arrive devant chez elle, je serai bien obligée de sonner, non?

La route est longue jusqu'à Boucherville en autobus. Surtout le dimanche, lorsque le service de transport est réduit. En observant le trajet pour aller chez ma mère, par la fenêtre de l'autobus, je me rappelle plein de choses. Il y a si longtemps que je n'ai pas fait ce trajet. Ça me rappelle lorsque je revenais de l'école secondaire. J'étais avec Florence étant donné qu'on habitait à côté. On se pensait vieilles, car on prenait l'autobus *de la ville* plutôt que l'autobus scolaire, comme la plupart des autres élèves du collège. On finissait tôt le vendredi après-midi alors on allait prendre un chocolat chaud dans un café pas loin de l'école. Ensuite, on se rendait au terminus en marchant et on prenait l'autobus qui nous conduisait à la maison. Une semaine, on allait chez l'une, l'autre semaine, c'était chez l'autre. On se faisait des réunions du *club des meilleures amies*. On avait un ordre du jour et une liste de règlements, pas toujours très logiques. On avait décoré le bureau dans le sous-sol des parents de Flo et c'était le quartier général du club. Quand une de nous avait un sujet spécial à discuter, on le mettait à l'ordre du jour pour la prochaine réunion. C'est certain qu'il y avait toujours un point à l'ordre du jour qui concernait les gars. Des fois, c'était notre dernier kick. Des fois, c'était juste pour jaser. Florence établissait les noms de ses futurs enfants. Et moi, je ne savais pas de quoi je voulais que mon avenir soit fait. Je n'avais pas la certitude de mon amie sur ce sujet. Pfff! Quinze ans plus tard, c'est toujours la même chose.

Perdue dans mes réflexions, je manque de passer tout

droit devant chez ma mère. Je demande l'arrêt au chauffeur et je descends du bus. Je marche jusqu'à la maison, qui est sur le coin de la rue. Je monte les marches qui mènent à l'entrée. Je suis devant la porte. Je regarde la sonnette sans pouvoir appuyer dessus.

Je n'ai pas vraiment le temps de me demander quoi faire, car la porte s'ouvre sur ma mère qui vient chercher le journal de quartier dans sa boîte à lettres. Je ne saurais dire laquelle de nous deux est la plus surprise.

-Emma? Qu'est-ce que tu fais ici?
-Maman. Je venais pour te demander... Euh. Pour savoir si tu voulais sortir avec moi. Demain. On pourrait aller chez Holt Renfrew, faire semblant d'être des clientes riches, et essayer plein de choses sans les acheter et regarder les vendeuses de haut... Euh... Qu'est-ce que tu en penses?

C'est sorti tout seul. Mais quelle bonne idée. Et quelle belle surprise quand ma mère sourit et dit simplement :

-Mais oui, ça me ferait très plaisir. J'appellerai au travail pour prendre une journée de congé.

Ma mère a un travail?

Comme elle termine sa phrase, un homme que je n'ai jamais vu de ma vie arrive derrière elle et l'enlace par la taille. Elle penche sa tête vers lui et lui dit en me regardant :

-Pierre, je te présente ma fille Emma. Emma, c'est mon amoureux, Pierre! Entre donc prendre un café, Emma. Après j'irai te reconduire en voiture, si tu veux.

Interloquée, j'obtempère. Ma mère a un amoureux?

Non seulement France a évolué depuis le temps qu'on ne se voit plus, mais je vois qu'elle s'est prise en main. Du temps que mon père était vivant, comme il était président d'une grosse entreprise, ma mère n'a jamais travaillé. Quand il est mort, elle a complètement cessé ses sorties, ses dîners au club où elle et mon père étaient membres, ses activités avec son cercle-de-madames-bourgeoises, son programme avec son entraîneur personnel et son club de lecture. Elle a commencé à tout simplement errer dans la maison et à parler aux photos de mon père comme si elles allaient lui répondre. Maintenant, elle a trouvé un emploi comme gérante d'une boutique de cadeaux, elle a recommencé à aller à son club et à voir ses amies bourgeoises et elle s'est même débarrassée des choses de mon père. Elle a gardé des souvenirs, mais on n'a plus l'impression que son fantôme va surgir à tout moment d'une pièce de la maison. Et elle a même un amoureux avec lequel elle va en week-end à Kennebunk Port. Elle a recommencé son entraînement et elle semble rayonnante! L'amour lui va bien.

Notre virée dans l'ouest de la ville le lendemain est non seulement une très belle journée pour moi, mais aussi une révélation. Ma mère et moi on jase et on s'amuse. Et c'est pendant que nous partageons un plateau gigantesque de sushis sur la rue de la Montagne qu'elle m'explique que ce n'est pas l'amour qui lui a donné la force de se reprendre en mains, mais bien que le fait de se reprendre en mains l'a conduit vers la rencontre de Pierre. Elle me questionne sur ce que je fais présentement, à quoi ressemble ma vie, mes amis. Je lui dis que je ne fais pas grand-chose qui vaille la peine d'être mentionné. Je lui parle de Bruno qui est mon meilleur ami, de Jeanne, ma coloc et de Florence, qui est heureuse avec ses enfants et son mari. Ma mère trouve que je n'ai pas bonne mine et elle me dit qu'elle a le meilleur remède pour ça :

-C'est à mon tour de t'emmener quelque part.

Et c'est ainsi qu'avec l'estomac trop plein de sushis, on se retrouve dans un spa à se faire faire une pédicure et une manucure. Le grand luxe. Les esthéticiennes qui s'occupent de nous sont belles, élégantes et soignées et très gentilles. Ça doit être tellement gratifiant de faire plaisir aux gens tout le temps! C'est vrai, on n'est jamais fâché quand on va chez la coiffeuse (à part si elle nous rate la tête) et chez l'esthéticienne! J'imagine que les clients sont toujours joyeux de ressortir reposés avec de beaux pieds ou un visage bien maquillé! Ça doit être le fun de voir tous ses clients satisfaits, comme ça! Moi, je pense qu'esthéticienne, ça doit être un beau métier!

Et c'est là que j'ai LA révélation. Pas comme quand j'ai eu une révélation et que j'ai commencé mon travail d'accompagnatrice de soirée, là, non. LA vraie révélation, celle de ce que je voulais vraiment faire dans la vie. De ma vie! Esthéticienne!

-Maman! J'aimerais ça être esthéticienne! Penses-tu que je pourrais?
-C'est sûr que tu pourrais, Emma. Tu peux faire tout ce que tu veux, tu as tellement de talent pour toutes sortes de choses. Et tu sais, le fonds d'études que ton père avait ouvert pour toi est encore disponible. Il le sera tant que tu l'utiliseras pour des études. Ça pourrait t'aider pendant que tu iras à l'école.

Mais Oui! Le fonds! Ma mère m'en avait déjà parlé, mais comme les deux fois que j'ai commencé des études je ne les ai pas poursuivies, je n'ai pas dépensé cet argent!

J'ai bien fait d'aller voir ma mère! Je ne me rappelais plus de ce fonds. Et elle est encourageante de croire en moi, personne ne croit en moi!

***

Dans les bureaux de GBF Immobilier, Gilbert Boivin est en réunion avec ses actionnaires et avec son vice-président. Il annonce officiellement qu'il prendra sa retraite de façon précipitée, afin de faire une surprise à sa femme lorsque celle-ci rentrera de voyage. Il cédera donc la présidence à son fils. Bien que Bruno savait depuis le début que ça finirait par arriver, il est surpris que cette journée soit bientôt là. Il est content, mais aussi nerveux étant donné la grande responsabilité que cela va représenter de reprendre la compagnie de son père. Comme GBF est une des plus grosses compagnies d'immobilier du pays, cotée en bourse et très connue, en acceptant de reprendre la présidence, Bruno accepte aussi la renommée et la visibilité qui vient avec.

Mais il ne se pose pas de questions. C'est comme ça qu'est sa vie et il ne remet pas ça en cause. Ça menacerait l'équilibre familial et pour Bruno, l'équilibre familial est primordial. Depuis qu'il est tout petit qu'il travaille à la conserver, et ce, même au profit de ses rêves et de son bien-être.

À la fin de la réunion, lorsque tout le monde a serré la main du président, Gilbert s'entretient avec son fils. Il lui dit que toutes les indications et les détails sur les dossiers de la compagnie se trouvent dans le coffre-fort dont il lui laissera la clé à son départ pour sa retraite au Portugal avec Marthe. Il lui dit qu'il trouvera aussi une enveloppe qui contient toutes les subtilités des contrats de la compagnie. Bruno est mal à l'aise de questionner son père à ce propos, mais il veut savoir :

-Papa. Tu vas parler à maman pour Eva, n'est-ce pas?
-Ne t'inquiète pas avec tout ça. J'aimerais que tu te concentres sur ton travail. De grosses responsabilités t'attendent, mais également de belles opportunités et beaucoup, beaucoup d'argent. Lorsque tu épouseras Victoria, n'oublie pas de prendre entente avec Clément pour établir votre contrat de mariage. Tu vas valoir beaucoup, Bruno, et même la meilleure fille ne vaut pas que tu perdes de l'argent pour elle.

Bruno est gêné. Il veut dire la vérité à son père à propos de moi, mais il n'est pas encore temps. Avant le départ de ses parents pour le Portugal, ceux-ci tiendront certainement un souper de départ avec les membres de leur famille. C'est à ce moment qu'il veut qu'on le fasse. Et il présentera aussi Jamel à sa famille durant ce souper.

Durant ce temps, dans le bureau voisin, Eva est en ligne avec la compagnie aérienne. Elle réserve des vols. Il y a bien un billet pour Genève, comme Gilbert lui a demandé. Mais il y en a également deux autres pour une destination différente...

Quelques semaines plus tard, Eva rejoint Domenico pour prendre un verre. Elle lui remet une enveloppe contenant son billet d'avion pour les îles Caïmans. Il lui remet quant à lui une enveloppe pleine d'argent pour qu'elle le transfère dans leur compte. Voilà assez longtemps qu'ils préparent leur retraite ensemble. Depuis plusieurs années qu'ils se connaissent et qu'ils se promènent d'un pays à l'autre pour escroquer des hommes riches. Tandis qu'Eva les séduit et qu'eux lui donnent accès à leur argent, Eva Toledo et Domenico Razzio en profitent pour faire grossir leur compte. Domenico est aussi passé maître dans l'art de sauver de l'argent dans les coûts de construction de ses maisons. Il met cet argent dans leur compte de retraite. Avec l'argent que Gilbert confit à Éva depuis plusieurs mois, Domenico et elle auront suffisamment d'argent pour s'établir quelque part dans les îles et ne plus bouger du reste de leur vie.

***

Quand j'ai exposé mon projet de devenir esthéticienne à Jeanne, un soir, pendant qu'on soupait à l'appart, elle n'a pas réagi. En fait, elle ne me croyait pas, je pense.

-Toi, Emma, tu vas aller à l'école, faire des cours que tu vas terminer et après, tu vas faire un métier, tous les jours, la même chose, dans le même endroit? Non, je ne crois pas que tu vas tenir le coup!
-Mais je suis capable de travailler moi aussi!
-Je te croirai quand je le verrai. Mais je te le souhaite bien... Et à tous ceux qui t'entourent, parce que ça devient lourd de te voir flâner et tourner en rond dans ta vie.

Bruno, lui, croit que je peux le faire et il m'a même encouragée. En fait, il a dit qu'il était très content que j'aie trouvé quelque chose qui pourrait me plaire que c'est en essayant que je saurai si j'aime ça. Et que si je me trompe, ce n'est pas grave. Et Jamel m'a dit qu'il serait mon client pour de l'épilation et des traitements faciaux! Je vais être une esthéticienne super connue et tout le monde va vouloir un rendez-vous avec moi, mais ils ne pourront pas tous parce que je vais être super bookée et qu'il y aura plein d'attente et que je vais choisir les meilleurs clients!

Je me suis déjà inscrite à l'école d'esthétique! J'ai fouillé dans Internet. J'ai regardé toutes les écoles et j'ai appelé partout pour prendre des renseignements. J'ai finalement choisi une école privée. Ça coûte un peu cher, mais ma mère a le fonds! Et comme c'est privé, j'aurai terminé en quelques mois, je vais donc pouvoir travailler plus vite. Ça commence dans deux semaines. D'ici là, j'arrête de prendre des rendez-vous avec des clients. Je vais garder seulement les quelques rares hommes que je connais bien et que j'apprécie, ça va m'aider à payer le loyer. Fini les insultes et les rendez-vous avec des cons! Maintenant, je pense à moi. Et je vais aller à l'école!

J'ai aussi commencé à regarder dans les salons d'esthétique où je pourrais aller travailler, mais jusqu'à maintenant, je ne suis pas convaincue. Le salaire n'est pas très élevé dans les salons, et ce n'est pas avec ça que je vais devenir super connue.

Je suis assise à une table sur la terrasse intérieure du Café Santropol avec Bruno et je suis un peu découragée. J'aurais peut-être dû m'informer davantage avant de m'embarquer dans des études qui ne me mèneront à rien. Je suis nulle. Je fais toujours la même chose. Je ne peux pas garder un emploi ni une idée, je suis une vraie girouette! Je pense que j'ai un genre de problème mental.

Je suis triste et je chiale sur mon sort (ben quoi, c'est ce que je fais depuis tout le temps, je peux pas changer tout d'un coup, quand même!) quand Bruno me dit :

-Ben si tu veux pas travailler pour quelqu'un d'autre, travaille pour toi-même. Ouvre ton propre salon.

-Tu penses que je pourrais? Ça serait trop parfait! Ce serait moi la propriétaire et tout l'argent, c'est moi qui le garderais! Est-ce que tu penses que je pourrais être propriétaire? Est-ce que tu penses que les gens auraient confiance de venir dans mon salon?

-Pourquoi pas? Si tu es vraiment sérieuse, et que tu veux t'embarquer dans ce projet-là, je vais t'aider. Mais je veux pas que tu lâches dès que ça commence à être difficile, parce que moi je crois que tu es capable. Si tu veux, on va rencontrer Sheila, la comptable et Clément et on va organiser ton plan d'affaires et faire un contrat entre toi et moi.

-Euh... Pourquoi un contrat? C'est moi la propriétaire.

-Oui, mais moi je suis ton investisseur.

-Ça veut dire quoi?

-Ça veut dire que je te donne de l'argent pour partir ton commerce. Ça veut dire que tu ne seras pas obligée d'aller à la banque demander de l'argent avec des intérêts. Ça veut dire que ta banque, c'est moi. Mais on va faire ça en règle avec les lois commerciales en vigueur. On est amis, mais dans ce cas-ci, on fera des affaires.

Bruno n'a pas terminé sa phrase que j'ai déjà traversé de l'autre côté de la table. Je suis assise sur lui et je lui dis en lui donnant un super gros câlin:

-Si t'étais pas gai, je te marierais!

Partie VI

Gilbert Boivin est assis dans son boudoir de sa maison de Westmount en peignoir. Il fume un cigare, un *Romeo y Julietta* qu'il a rapporté de son dernier voyage à La Havane. Depuis que Fidel Castro est malade, tout le monde des affaires et de l'immobilier international flaire les bonnes affaires avant que les États-Unis ne retournent à Cuba. Et depuis qu'un québécois a ouvert un complexe hôtelier dans le pays il y a quelques années, Gilbert se tient prêt à signer si une opportunité se présente pour GBF Immobilier. À cet effet, il entretient des liens étroits avec des membres du gouvernement cubain et voyage régulièrement au pays du rhum et des cigares.

Tout en fumant, et en buvant son verre de rhum brun sur glace, il contemple son boudoir. Sa maison lui manquera. Il aime sa maison qu'il habite depuis qu'il y a emménagé avec Marthe à leur retour de voyage de noces. Ils étaient allés en Jamaïque. Le père de Gilbert leur avait donné assez d'argent pour qu'ils puissent vendre leur petite maison de Laval pour aller s'installer dans l'ouest. Marthe avait fait décorer la maison à son goût. Comme il voyageait souvent pour le travail, elle y habitait seule plusieurs mois par année. Puis vinrent les enfants. Les deux garçons, puis ensuite Virginie et enfin Bruno. Ni l'un ni l'autre de ses plus vieux fils n'a voulu aller travailler avec lui. L'un est devenu professeur d'anthropologie à l'université et l'autre s'est dirigé dans l'industrie pharmaceutique. Seul Bruno a démontré de l'intérêt pour les affaires. Il a étudié et est un très bon vice-président, mais Gilbert sent que son fils n'est pas totalement à l'aise avec lui. La communication n'est pas limpide. Bruno fait tout pour lui plaire, il le sait et c'est bien là le problème. S'il avait été plus lui-même, Gilbert aurait pu lui montrer les vrais rouages du métier et ses affaires auraient été beaucoup moins compliquées. Il n'aurait peut-être pas eu besoin d'Eva.

Quant à sa fille, Virginie, elle consacre sa vie à s'occuper de ses enfants. De toute façon, il n'aurait pas voulu que sa fille reprenne l'entreprise. Certes, elle est intelligente et capable de travailler, mais la compagnie est une chose trop sérieuse et qu'il a trop à cœur pour la laisser entre les mains d'une femme. Une femme peut être très utile pour plein de choses. Les femmes pensent à tous les détails qui échappent aux hommes, elles peuvent remplir plusieurs tâches, ce qui allège celles des hommes. Et elles sont dociles. C'est ce qu'aime Gilbert chez sa femme, qui ne dit jamais un mot plus haut que l'autre. C'est aussi ce qu'il aime chez son assistante, Eva. Cette femme est efficace. Elle travaille vite et bien et sa beauté époustouflante est un atout pour sa compagnie. Il a tout de même commis une erreur en entreprenant une liaison avec elle. Le contrat d'embauche était que si

Eva travaillait pour l'entreprise, celle-ci lui fournissait un logement. Mais Gilbert s'est fait prendre au jeu de la séduction et rapidement, il s'est mis à l'entretenir de plus en plus. Il ne voulait pas que cette histoire prenne trop d'ampleur, mais quand des investisseurs se sont mis à se pencher sur certaines irrégularités dans les comptes de la compagnie et qu'Eva a proposé de l'aider en transférant l'argent à cacher dans un autre compte, il n'eut plus le choix. Ils étaient liés car elle connaissait beaucoup trop de détails qui pourraient lui nuire pour qu'il puisse la laisser. Et comme Bruno avait découvert cette relation et qu'il menaçait d'en parler à Marthe, il valait mieux qu'il parte avec Eva avant qu'il ne soit pris dans des procédures de divorce qui lui feraient perdre beaucoup d'argent. Eva lui coûterait moins cher qu'un éventuel divorce, et elle pourrait continuer de travailler pour lui à l'étranger. Et puis, elle a des atouts qui pourront être très utiles pour lui, notamment, ses origines sud-américaines, qui lui permettront de faire plus aisément des affaires sur ce continent. Et ses connaissances du droit de là-bas lui seront certainement très utiles également.

Ce ne sera pas difficile de faire croire qu'il est mort accidentellement dans un écrasement de Cessna. Comme ça, Bruno pourra reprendre l'entreprise. Marthe et les enfants garderont un souvenir agréable de lui. Et lui et Eva continueront de faire des affaires en Amérique du Sud sous des noms d'emprunt.

Il est en train de se convaincre que son plan est la meilleure chose à faire lorsque son portable retentit. Il appuie sur le bouton d'écoute et il entend la voix de sa femme. Marthe, qui ne boit jamais une goutte d'alcool, car elle s'est convaincue après avoir bu quelques coupes de vin trop corsé à son goût qu'elle n'aime pas l'alcool, a une voix légèrement plus perchée qu'à l'habitude et un ton plus criard:

-Ciao, Bello! Mon amour, comment ça va?
-Marthe, comment est l'Italie?
-Oh! C'est magnifique. Nous sommes à Florence et Jocelyne et moi avons bu une bouteille de Limoncello dans une trattoria. C'est bon, hein, du Limoncello?
-Oui, Marthe, c'est bon. Alors, tu t'amuses?
-Oh! Oui! Mais j'ai aussi hâte de te voir! Je m'ennuie mon amour.
-Moi aussi, je m'ennuie, Marthe.
-Oh! Il faut que j'y aille! Jocelyne m'attend, on va manquer le bus pour retourner à l'hôtel. Je t'aime!
-Moi aussi, je t'aime. Je vais penser à toi, je te le promets.

Et c'est vrai. Gilbert aime beaucoup sa femme. Il s'ennuiera et il pensera beaucoup à elle et à ce qu'aurait pu être leur retraite au Portugal. Il l'aime beaucoup, mais il aime encore plus l'argent. Il faut faire des choix, dans la vie. Il boit une gorgée de rhum et il prend une longue bouffée de cigare, avant de la relâcher en regardant la photo de sa famille qui trône sur la couverture de la cheminée.

***

J'ai commencé mes cours d'esthétique depuis quelques semaines déjà et ça va super! La semaine avant le début des cours, je me suis acheté des crayons pleins de couleurs différentes avec un super beau cahier rose pour prendre des notes. Et aussi un gobelet à café en cuir rose! Je suis toute équipée pour l'école! Les cours avancent bien. Je suis maintenant une pro du maquillage. Je peux faire des yeux charbonneux en un tournemain et je connais le cercle chromatique des couleurs. Je suis hot! Je peux faire des maquillages naturels, des maquillages de mariée, et toutes sortes d'autres choses.

Je suis aussi bonne dans l'épilation à la cire. La première cliente que j'ai eue (on a des clientes qui payent moins cher pour venir à l'école et on se pratique comme ça), je renversais plein de cire partout et j'utilisais beaucoup trop de bandelettes. Mon professeur m'a dit que je me mettrais à la rue si je gaspillais autant de produits. Maintenant, ça va mieux, même si j'ai encore beaucoup de difficulté avec les bikinis. J'ai peur que ça fasse mal à la cliente alors je tire doucement et lentement sur la bande, mais il paraît que ça fait encore plus mal de cette façon-là.

Le premier homme qui est venu se faire épiler le torse,

je ne lui ai pas fait les deux côtés symétriques. C'était pas beau du tout. Il avait un pectoral épilé et pas l'autre. Mais je lui ai dit qu'il était très sexy comme ça et il est parti l'air satisfait. Mon prof m'a fait un gros *non* muet en voulant dire de ne pas le laisser partir comme ça, mais c'était trop tard, il était déjà rhabillé. J'adore l'esthétique! Je peux faire des manucures aussi, et des pédicures. J'ai des belles petites fleurs et des brillants roses pour mettre sur les ongles. Et comme je me pratique souvent sur les ongles de Jeanne, je peux faire plusieurs dessins. Par contre, j'aime pas trop faire ça aux personnes âgées parce que leurs ongles sont durs et c'est difficile. Et les personnes âgées ne sont pas de bons clients. Premièrement, comme ils sont vieux, ils ont l'impression qu'ils connaissent tout alors ils nous disent comment faire notre travail. Et en plus, ils ne donnent pas beaucoup de pourboire. Quand ils étaient jeunes, l'argent valait plus et ils n'ont pas eu connaissance que ça avait évolué. En tout cas, je pense.

Ce matin, je me lève un peu stressée. Je n'ai pas beaucoup dormi. Bruno et moi on a rendez-vous pour rencontrer la comptable de GBF Immobilier, Sheila, celle qui jasait avec Clément le soir où on est allés sur Crescent et Clément. J'ai fait mes devoirs. Je suis allée voir chez un fournisseur en produits d'esthétique tout ce dont j'ai besoin pour ouvrir un salon et j'ai fait la liste des coûts que ça représentait. C'est beaucoup! Ensuite, j'ai fait la liste de toutes les dépenses courantes que je vais devoir payer chaque mois.

Clément a fait un contrat, comme Bruno voulait. Ce matin, on va se rencontrer pour signer plein de papiers que je ne connais pas.

Bruno vient me chercher chez moi et on se rend ensembles à son bureau, dans sa voiture. Je n'ai pas revu Clément depuis le soir où on est sorti et je suis nerveuse. Je ne sais pas comment il va agir avec moi. Et je ne sais pas comment je dois agir avec lui.

Nous arrivons au bureau de Bruno et nous montons dans l'ascenseur. Clément et Sheila nous attendent dans la salle de conférence. Il y a des piles de papier sur la table de conférence et ça me fait peur. Ça a l'air compliqué, tout ça!

Je m'assois à une des chaises, et Bruno s'assoit à côté de moi. Sheila, Bruno et Clément entreprennent de m'expliquer toute la paperasse, mais je ne comprends rien d'avance. Je ne suis pas bonne dans les chiffres et franchement, je suis terrorisée. Je leur dis que ça ne m'intéresse pas et que je leur fais confiance. Ils me disent qu'ils doivent m'expliquer quand même ce que c'est, alors je les écoute me déblatérer plein de termes légaux et financiers. À un moment, on dirait que je sors de mon corps et que je m'élève au-dessus de la pièce. Je nous vois, tous assis autour de la table. Moi, qui suis dans la lune, Sheila, Clément et Bruno qui jasent. Ils parlent chinois. Ils ont des petites intonations chantantes et aiguës et s'enterrent en parlant tous en même temps. Soudain, leur discours se termine. Je retombe brusquement dans mon corps lorsqu'ils me demandent en français de lire la pile de papiers et de signer si je suis en accord avec ce que ça dit. Je décide de signer tout simplement les papiers sans savoir ce que c'est et je leur répète que je leur fais confiance pour s'occuper de mes affaires, tant que moi, je peux faire de l'esthétique. J'ai vraiment confiance en Bruno et je sais qu'il ne me jouerait pas dans le dos alors, je lui laisse ça. Et moi, je vais avoir un salon d'esthétique à moi!

C'est bizarre de rencontrer Clément. Bruno lui avait déjà parlé de notre projet alors il était préparé à notre rencontre. Mais on n'est pas seuls alors on n'a pas l'occasion de jaser ensembles. Par contre, cette fois, il me regarde lorsqu'il me parle et à la fin de la rencontre, lorsqu'il me serre la main, il me félicite et je sens que c'est sincère! Il a l'air content pour moi. C'est peut-être un pas pour qu'on puisse se reparler un jour...

J'ai commencé à regarder les locaux pour trouver quelque chose que je pourrais louer. Tout est très cher! Je crois que si je veux avoir un salon, il faudra que je trouve quelque chose de petit. J'ai vu un petit local très bien. C'est sur la rue principale de St-Lambert. Il est ancien et assez délabré alors ça va coûter moins cher à la location, et si je le retape un peu, ça donnera un beau cachet. Jamel veut s'occuper de la décoration. Il voit un salon avec beaucoup de rose et des produits cool à vendre, avec des marques comme *Philosophy, Cake* et *Hard Candy*. J'ai tellement hâte! Je rencontre le propriétaire de l'établissement en fin de semaine, mais je ne peux pas m'empêcher de penser que ce local est déjà à moi!

En plus, ça serait parfait, parce que c'est tout près de chez Florence et Pierre-Olivier, alors ça me donnera une excuse pour les contacter et essayer de me réconcilier avec eux. Depuis que je suis partie en douce de chez eux, la fin de semaine où j'étais déprimée, je n'ai pas eu de nouvelles d'eux et je m'ennuie beaucoup. Habituellement, Florence et moi on se donne des nouvelles toutes les semaines alors c'est pas normal. Je suis mal à l'aise de les appeler, je crois que je vais plutôt leur écrire sur Facebook. Je vais utiliser mon peut-être futur salon d'esthétique comme prétexte. Ils verront que j'ai passé à autre chose depuis la dernière fois et que je me force pour m'accomplir. Et si Florence ne me répond pas, ça va être un peu moins dur pour mon orgueil si c'est par courriel que de vive voix. Je m'ennuie beaucoup d'elle.

***

Florence est assise sur sa terrasse, un café devant elle et un magazine dans les mains. Il fait beau et le soleil est chaud. Pierre-Olivier est au travail et Simon et Charlotte sont à la halte-garderie jusqu'à midi. Elle est seule. Sa femme de ménage est venue, l'épicerie est faite, elle n'a rien à faire comme tâche. Elle essaie de relaxer et de profiter du rare temps qu'elle a pour elle, sans les enfants. Mais elle n'en est pas vraiment capable. Pas qu'elle soit inquiète pour ses enfants, elle aime bien se reposer de temps en temps et les laisser aux bons soins des éducatrices. Et elle sait que les enfants eux aussi aiment aller jouer avec d'autres enfants dans un autre contexte que celui de la maison.

Elle ne sait pas trop ce qu'elle a ces temps-ci. Elle tente de se concentrer sur tous les points positifs que sa vie comporte. Elle sait qu'elle est privilégiée d'avoir une famille comme plusieurs filles en rêvent, une belle maison dans un beau quartier, et qu'elle n'est pas obligée de travailler pour tout avoir ça. Quand même, des fois, elle s'ennuie et trouve que sa vie est vide. Elle a complété une maîtrise en fiscalité et a travaillé pour une grosse compagnie jusqu'à ce qu'elle accouche de Simon. Après son congé de maternité, elle est retournée travailler. Tout de suite, elle s'est rendue compte que quelque chose avait changé dans la façon que la direction avait de la traiter. On aurait dit que ses patrons exigeaient plus d'elle qu'avant son départ. Elle s'est dit que peut-être que les choses avaient changées depuis son congé, ou encore qu'elle avait tellement décroché qu'elle ne se souvenait plus comment était le monde du travail. Finalement, à force de se faire pousser toujours plus par ses patrons, elle est venue à penser qu'elle n'était plus compétente et qu'elle n'était bonne qu'à allaiter et à changer des couches.

Les matins étaient de vraies courses contre la montre pour arriver à lever Simon et à le faire déjeuner, encore tout endormi, le reconduire à la garderie, où il pleurait à fendre l'âme dès que la voiture tournait dans l'entrée. Les journées où Simon était malade ou si un des enfants de la garderie présentait un symptôme d'infection, l'éducatrice ne les prenait pas, par mesure de précaution. Florence devait donc s'absenter du travail. Les soirs de semaine étaient également une véritable folie, pour faire le souper, donner le bain à Simon et préparer la journée du lendemain. Lorsque Florence a reçu son évaluation mi-annuelle, elle a fondu en larmes dans le bureau de son supérieur lorsque celui-ci lui a dit qu'il était très déçu de ses performances. Le soir même, elle a décidé que c'en était fini de jouer à la superwoman. Elle a démissionné de son poste et a retiré Simon de la garderie. Immédiatement, tout s'est mis à mieux aller. Simon était de bonne humeur et il ne pleurait plus jamais. Pierre-Olivier et elle se faisaient de bons soupers qui s'étiraient dans la soirée, même les soirs de semaine. Durant la journée, elle faisait les courses et entretenait la maison, en même temps qu'elle jouait avec son fils. Quelques mois plus tard, Charlotte est née. Florence avait beaucoup à faire avec deux bébés, elle n'avait assurément pas le temps de retourner travailler. Mais cela fait maintenant deux ans et elle est toujours dans la même situation. La plupart de ses amies qui doivent travailler pour payer leur maison et leur voiture la trouvent chanceuse de pouvoir demeurer chez elle, et elle est bien heureuse aussi d'avoir ce choix.

Par contre, lorsqu'elle accompagne ses copines à l'heure du dîner, au Centre-ville, elle envie leurs beaux tailleurs, leur coiffure impeccable et leurs ongles manucurés. Elle envie leurs conversations lorsqu'elles médisent sur une collègue de bureau ou quand elles se plaignent d'un supérieur un peu collant. Elle aimerait elle aussi aller magasiner sur son heure de dîner ou aller à des 5 à 7 après le travail. Elle aimerait avoir quelque chose à raconter, autre que de parler de la nouvelle dent que Charlotte a eue ou du fait que Simon est maintenant propre la nuit. Lorsqu'elle fait ses barbecues du dimanche, elle se rend bien compte que les femmes parlent toutes entre elles et qu'après l'avoir salué, remercié pour l'invitation et l'hospitalité et s'être informé de la famille, elles s'éclipsent en douce. Elle n'a rien à dire. Lorsqu'elle rencontre des nouvelles personnes et que celles-ci lui demandent ce qu'elle fait dans la vie, elle peut déceler une réaction automatique sur le visage de son interlocutrice, lorsqu'elle répond qu'elle est mère à la maison. Les gens n'ont pas le goût de jaser avec une mère, qui va certainement se mettre à parler de ses enfants, ce qui n'intéresse vraisemblablement personne. Ils font un sourire poli ou ils acquiescent, mais dès qu'ils ont l'occasion, ils se tournent vers une conversation plus palpitante, avec des personnes qui ont des réalisations professionnelles à partager et une vie trépidante à raconter.

Florence a toujours aimé les chiffres. Elle était d'ailleurs très bonne dans ce qu'elle faisait, elle le sait. Et depuis quelques années, on dirait que son cerveau a besoin d'exercice, qu'il ne travaille pas assez. Elle ne se sent pas valorisée professionnellement. Elle pense aussi à moi. Moi qui l'envie tant et qui va même jusqu'à venir dormir chez elle souvent, afin de s'imprégner de sa vie pour mieux évoluer dans la mienne. *Si elle savait!*, se dit Florence. D'ailleurs, elle s'ennuie de moi. Elle ne m'a pas écrit depuis notre chicane et elle aimerait qu'on se réconcilie. Mais pour l'instant, elle est encore triste de ce qui s'est passé. Toute cette histoire l'a ramené à sa vie à elle et à ses sentiments un peu mêlés. Elle veut régler ça avant de me rappeler. Elle veut trouver quelque chose à faire pour elle toute seule, quelque chose qui va la nourrir intellectuellement et qui la rendra fière. Quelque chose qui lui permettra de s'accomplir afin qu'elle puisse s'acquitter de ses tâches de mère et d'épouse plus sereinement et avec plus de plaisir.

***

Moi, je chasse mes problèmes avec Florence de mon esprit, car je suis pressée. J'ai rendez-vous pour dîner avec ma mère.

J'arrive au Café El Dorado, où on doit se rencontrer. Ma mère est déjà là, assise à la table sur le bord de la fenêtre, exactement là où je lui ai dit que je m'assois tout le temps. Lorsqu'elle me voit arriver, elle me sourit. Je m'assois à ses côtés, après l'avoir embrassé. On commande rapidement, parce que ma mère a eu le temps de choisir en m'attendant et que moi, je prends toujours la même chose. France et moi, on jase de ce qu'on fait respectivement ces temps-ci. Elle est superbe, ma mère. Elle revient d'une fin de semaine aux États-Unis avec une de ses amies et elle a eu une promotion à son travail. Elle est responsable de toutes les boutiques des environs de Montréal. Elle est fière d'elle et moi aussi. Je suis très heureuse de voir que ma mère fait des choses qui lui plaisent.

Je lui parle de Bruno, qui va prendre les rennes de la compagnie de son père, car celui-ci prend sa retraite avec sa femme qui revient la même semaine de son voyage à travers le monde. Je lui parle aussi des développements concernant mon salon d'esthétique. Je lui raconte tout ce qui se passe, le contrat avec

Bruno, mon école, le local que j'ai trouvé à St-Lambert. Et là, ma mère me dit qu'elle est fière de moi! Moi Emma, je rends ma mère fière! C'est la première fois qu'elle me dit ça. Je suis très contente, parce que je n'ai jamais pensé que je rendais quelqu'un fière de moi! Quand France me dit ça, je lui réponds que je pense qu'elle m'a inspiré de la voir changer sa vie à ce point depuis la mort de mon père. Et que lorsque je l'ai revue, quand je suis allée sonner chez elle un dimanche matin, ça m'a donné le courage de faire pareil. C'est sûr, le fonds d'études de mon père et le fait que j'aie un investisseur personnel, ça aide à mon projet. Mais je pense aussi que, pour la première fois de ma vie, je suis sur la bonne voie.

Pendant que je suis en train de bavarder avec ma mère, Bruno, lui, croise son père au bureau pour la dernière fois, même s'il ne le sait pas encore.

Après mon dîner avec ma mère, je vais chez moi lire mes courriels. J'ai une belle surprise en voyant que Florence m'a écrit. On n'est plus en chicane! Elle s'ennuyait de moi elle aussi et elle était heureuse de savoir tout ce qui se passait dans ma vie. Mais ce n'était pas une aussi grosse surprise pour elle que je pensais. En fait, elle était un peu au courant. Elle s'informait en cachette auprès de Clément. Et j'étais bien contente de savoir que Clément pouvait lui donner des nouvelles fraîches parce que lui aussi s'informait de moi en cachette auprès de Bruno. Ça veut dire que Clément s'inquiète de moi!

Je suis vraiment heureuse que Florence veuille encore

me parler, parce que c'est ma meilleure amie et que j'ai de la difficulté à passer du temps sans la voir, à prendre des décisions sans lui demander ce qu'elle en pense et à fonctionner tout court sans elle. Ça fait plus de vingt ans que nous sommes toujours ensemble elle et moi, et ça me faisait tellement de peine de ne plus pouvoir lui parler. Je me suis excusée pour la dernière fois qu'on s'est vues et elle m'a dit qu'elle me pardonne et même que notre chicane lui a permis de cheminer et de se rendre compte qu'elle a besoin de faire des choses pour elle. Elle s'est inscrite à des cours de Yoga dans son quartier et elle a commencé à faire la comptabilité d'un restaurant de St-Lambert chez elle, le soir, quand les enfants sont couchés ou la fin de semaine, quand son mari est là. Elle m'a même demandé si je n'aurais pas des petites choses à lui faire faire au salon lorsque les enfants sont à la halte-garderie, genre répondre au téléphone ou faire le ménage après le passage des clientes. Elle a aussi dit que quand mon salon sera ouvert, elle viendra me voir pour des soins. Elle dit que ce sera une autre façon de s'occuper d'elle. En fait, c'est drôle, parce que même avant de lui avoir parlé, j'avais l'intention de lui proposer quelques petites tâches pour lui permettre de travailler un peu et de nous rapprocher. Flo et moi on fait encore de la télépathie!

***

Partie VII

Ce matin-là, Gilbert Boivin arrive au bureau très tôt. C'est sa dernière journée de travail et théoriquement, sa dernière journée *de vie*. Demain matin, il rencontrera Eva à l'aéroport et ils quitteront Montréal pour se rendre à Genève, où ils iront récupérer l'argent de leur compte. Ensuite, ils prendront un autre avion pour Santiago au Chili. Gilbert est excité de ce projet et de tout ce qu'il promet, bien qu'il soit triste de tout quitter ici. Sa famille, son entreprise, sa maison. Mais il est décidé, car il croit que c'est la meilleure option pour lui, s'il ne veut pas perdre d'argent. Cependant, il veut laisser les choses du bureau le plus en ordre possible pour Bruno. Il sort de l'ascenseur et contemple l'étage qui abrite les bureaux de GBF Immobilier. Il a créé cette entreprise à partir de rien. Gilbert marche à travers les pièces encore vides et essaie de prendre une photo mentale de tout ce qu'il voit. Il n'emportera pas de souvenir matériel avec lui, ce serait trop risqué. Mais il veut se rappeler de son empire.

Il entre dans son bureau et son attention se porte sur une enveloppe qui recouvre son clavier d'ordinateur. Il prend l'enveloppe et l'ouvre avec empressement, intrigué. C'est une lettre d'Eva. Elle est courte et le ton est formel. Elle l'informe qu'à cause d'une irrégularité dans son visa d'études et de travail, celui-ci est suspendu immédiatement et qu'elle a dû quitter le pays subitement. Elle l'assure que rien dans leur plan n'est changé. Par contre, elle lui demande de prendre l'avion seul pour Genève et de se rendre à la banque. Une très grosse surprise l'attendra. Gilbert ne comprend pas. Il se demande comment elle a pu partir sans l'aviser? Il se sent soudain alarmé et appelle une voiture pour se rendre chez Eva.

Le luxueux appartement que Gilbert fournissait à Eva est toujours richement meublé, quand il pénètre à l'intérieur, mais il est désormais vide de la présence de son assistante. Ses vêtements ont été pris, et ses effets personnels aussi. Il n'y a plus aucune trace d'Eva Toledo dans cet appartement. Gilbert commence à devenir anxieux. Il quitte l'appartement d'Eva et, lorsqu'il regagne la voiture, il demande à son chauffeur de l'amener chez lui, à Westmount. Il commencera à rassembler ses effets personnels à lui. Il n'a plus la tête à travailler et il se demande à quoi bon, de toute façon, s'il est pour *mourir* demain?

***

Pendant que le père de Bruno prépare sa disparition, je suis à l'école pour la dernière journée de mes études.

Le jour de ma graduation arrive enfin! Après quelques mois de cours intensifs, moi, Emma, je suis graduée! J'ai un diplôme d'études! J'ai enfin fini quelque chose dans ma vie!

J'entre à l'école d'esthétique avec mon gobelet de café en cuir rose et une sorte de nostalgie. Je suis triste toute la journée. Je suis bien heureuse, parce que j'ai enfin accompli quelque chose, mais j'ai peur aussi. Depuis quelques mois, j'avais adopté une routine. Je me suis fait une place à l'école et j'étais bien et en sécurité là-bas avec mes collègues et mes professeurs. Maintenant que j'aurai un diplôme, ce sera encore nouveau et je devrai me refaire une place, et me retrouver une sécurité ailleurs. C'est sécurisant être dans une routine, avec des gens qu'on connaît et des tâches qu'on connaît. Et c'est très épeurant de devoir recommencer, trouver une nouvelle zone de confort. Moi, ça m'a toujours terrorisée. C'est pour ça, je pense, que je ne suis pas partante pour faire des choses nouvelles. J'ai peur de ne jamais être à la hauteur.

Quoi qu'il en soit, à la fin de la journée, la directrice

arrive dans notre classe avec une pile de documents. Elle nomme notre nom et nous remet à chacune notre diplôme. Lorsque mon tour vient, je me lève pour prendre le papier qu'elle me tend. Je l'ai. Il est dans mes mains. Mon diplôme! Je le contemple pendant de longues secondes. Je suis fière! Dessus, il y a mon nom! Je vais le mettre bien en évidence dans mon salon, c'est certain. Après que toutes les filles aient reçu leur diplôme, la directrice nous dit qu'elle dit qu'est bien contente, et blablabla... Et ensuite, elle nous laisse partir. Je dis au revoir à mon professeur de maquillage, ma préférée de toutes mes profs. Ensuite, ambivalente, je sors de l'école, avec une certaine lourdeur, mais toute fière avec mon beau papier dans les mains. Je pousse la porte de l'école et je suis aveuglée par le soleil. C'est une très belle journée pour obtenir son diplôme! Ça me prend une seconde avant de réaliser que c'est lui quand j'aperçois Bruno qui est là, appuyé sur sa voiture, juste devant la porte. Il y a pensé! Hey! Mais il y a aussi Jamel! Il a pris congé pour venir me féliciter? Et derrière leur auto, il y a celle de ma mère qui est avec son chum Pierre! Jeanne, Florence, P.O. et les enfants sont là également! Tout mon petit monde est venu m'accueillir à la sortie de l'école. Ils sont tous venus pour moi! Je me mets à pleurer.

Une fois la surprise passée, mes larmes séchées et les félicitations acceptées, Bruno me fait monter dans sa voiture et on prend la route. Les autres personnes qui sont venues m'accueillir montent chacun dans leur voiture et le cortège se suit. On traverse le pont Jacques-Cartier en direction de St-Lambert. On s'en va probablement à un barbecue chez Florence pour fêter ma graduation. J'ai vraiment de bons amis.

En arrivant sur la rue Principale, Bruno coupe le moteur juste devant le salon d'esthétique. *Mon* salon d'esthétique! Moi, Emma! J'ai un salon d'esthétique! Il me fait descendre de la voiture. Je suis un peu gênée de faire visiter cet endroit à mes amis, car il est tout délabré. Moi, je vois le potentiel qu'il a, mais peut-être que les autres ne le verront pas. Je vais avoir du travail à faire dans les prochaines semaines. En poussant la porte, j'ai toute une surprise! Mes amis ont peinturé les murs et on garnit la pièce d'un comptoir en bois vernis et d'étagères du même style. Les murs roses sont bordés de cimaises de bois vernis, comme le comptoir et les étagères. Je suis sidérée. C'est vraiment le cachet que je voulais donner à mon local, je n'aurais pas imaginé autre chose. Je me retourne face aux gens qui sont sur le pas de la porte, et comme je viens pour leur dire merci, des serveurs sortent de l'arrière-boutique avec des plateaux services pour nous rassasier. C'est tellement une belle journée. En fait, elle est presque parfaite. Tout ce qui me manque, c'est Clément...

***

Le lendemain de mon party de graduation, Bruno entre à son bureau. Sur sa table de travail, il trouve une lettre d'Eva, semblable à celle que son père a reçue la veille. Elle est brève. Elle explique son soudain départ pour le Brésil, à cause de l'expiration de son visa. Elle ajoute cependant que le temps est venu pour lui d'aller chercher les enveloppes qui lui sont destinées à la banque, dans le coffre-fort de Gilbert, celui-ci ayant dû quitter le pays précipitamment lui aussi. L'enveloppe contient également la clé du coffre-fort. Eva écrit à Bruno qu'il entendra probablement très bientôt des nouvelles de son père et qu'elle lui souhaite bon succès dans sa présidence de GBF Immobilier.

Bruno pose la lettre d'Eva sur sa table de travail. Il ne comprend rien de tout ça. Sa mère doit revenir deux jours plus tard de l'Europe, Gilbert et lui doivent aller la chercher à l'aéroport et ensuite, la famille se réunira à la maison de Westmount pour un souper retrouvailles. C'est également là que Gilbert annoncera à tout le monde qu'il prend sa retraite et qu'il part avec Marthe s'installer au Portugal. Bruno ne peut pas imaginer que son père a changé son plan et que ses parents puissent partir sans dire au revoir. Gilbert et Marthe ont-ils décidé de se rejoindre en

Europe?

Quoi qu'il en soit, Bruno sort de son bureau et se dirige dans l'ascenseur. Il est préoccupé. Il entreprend d'aller à la banque chercher les enveloppes afin d'en connaître le contenu. Il est aussi bien nerveux à l'idée de prendre les rennes de la compagnie. Il veut éplucher avec attention tous les renseignements laissés par son père afin de reprendre tout où Gilbert a laissé et d'assurer une transition douce pour les contrats de la compagnie.

***

Gilbert Boivin, lui, est impatient de voir Eva afin de se rassurer. Il se rend à l'aéroport et présente son billet et son passeport à la préposée du comptoir de la Swissair. Il n'a qu'un bagage à main à enregistrer. Il est impatient d'arriver à Genève, et de se rendre à la banque, afin de retrouver Eva et de sortir l'argent de leur compte. Ensuite, ils se trouveront un bon resto où aller célébrer le début de leur nouvelle vie et demain, ils rencontreront le contact d'Eva, celui qui leur remettra leurs nouveaux papiers d'identité. Ensuite, ils partiront pour Santiago. Avant de partir, il lancera la nouvelle que son Cesna s'est écrasé, lui et Eva à bord. Tout est bien facile!

De son côté, Domenico Razzio essaie de rejoindre Eva depuis deux jours, mais elle ne répond pas à son portable. Il commence à être un peu inquiet. Ce n'est pas la première fois qu'elle et lui font le coup à un homme d'affaires, mais cette fois, Domenico s'inquiète pour Eva. Gilbert aurait-il découvert leur plan et se serait-il fâché contre elle? Après avoir fait passer le temps comme il le pouvait, il décide de se rendre à l'appartement d'Eva. Il doit la rejoindre dans deux jours aux îles Caïmans alors il ne reste pas longtemps à patienter, mais il sera plus rassuré s'il est certain que tout va bien pour elle.

Lorsqu'il met son doigt sur la plaque digitale de la porte d'entrée de l'appartement d'Eva, celle-ci se déverrouille. Il entre. Domenico est étonné de voir que toute trace d'Eva a disparu. Les meubles sont encore là, mais les effets personnels de sa partenaire ont été ramassés. Il fait rapidement le tour de l'appartement en l'appelant, même s'il sait déjà que c'est inutile. Il ressort rapidement de l'appartement et retourne à sa voiture. Il démarre en trombe et file directement aux bureaux de GBF Immobilier. Maintenant, il est très inquiet.

Le vol Montréal-Genève est long, mais se déroule sans problème. Gilbert discute avec son voisin de siège, un professeur d'université égyptien qui va enseigner en Suisse pour quelques mois. En sortant de l'aéroport, Gilbert embarque dans un des taxis qui attendent le long de la rue. Il donne au chauffeur les indications pour la banque. À bord du taxi, Gilbert est heureux. Il trouve que tout se déroule bien jusqu'à maintenant et il sera présent à l'heure convenue, il sera même là un peu d'avance. Il aura le temps d'aller faire une petite promenade en attendant Eva. Le taxi s'immobilise devant la banque qui borde le lac Léman, comme plusieurs autres banques. Gilbert paye le chauffeur et le remercie. Comme il a 15 minutes d'avance, il préfère aller se promener le long du lac plutôt que d'aller attendre à la banque et cuver sa nervosité. Il se dirige donc vers le bord de l'eau et se met à marcher. Il aime la Suisse. C'est un pays qui lui convient. De façon générale, les gens y sont un peu plus rigides et droits qu'au Québec. Exactement comme il croit que le monde devrait être. D'ailleurs, la devise de la Suisse n'est-elle pas *Propre, en ordre*? Lorsque les quinze minutes sont écoulées, Gilbert revient vers la banque. Il entre à l'intérieur, où Eva doit l'attendre. Il n'y a pas de trace d'elle. Il conclut qu'elle devrait être là d'une minute à l'autre. Il trouve la préposée afin de ne pas faire traîner les choses. Il se présente et remet une pièce d'identité que la préposée vérifie. Elle lui demande de patienter quelques minutes et le fait asseoir. Gilbert obtempère et il se met à attendre Eva avec de plus en plus d'impatience.

C'est au bout d'une vingtaine de minutes, alors qu'il commence à être à bout de nerfs que la préposée s'avance vers lui, escortée de deux hommes en complet noir. Les deux hommes se présentent à Gilbert en montrant leur identification. Ce sont des agents d'Interpol (ça, c'est le service international de police, c'est Bruno qui me l'a dit, quand il m'a raconté ce qui est arrivé à son père, moi, je ne connais rien à la police). La préposée de la banque s'adresse à Gilbert:

-Monsieur Boivin, votre femme, Claire Lacoste est déjà venue clore votre compte hier matin. Il est donc vide. Par contre, votre dossier personnel affiche une alerte.

L'un des deux hommes en complet prend la parole à son tour :

-Monsieur Gilbert Boivin, vous êtes en état d'arrestation pour quarante-cinq chefs d'accusation de fraude fiscale dans le domaine de l'immobilier, et ce, dans plusieurs pays. Vous avez le droit de garder le silence. Tout ce que vous direz pourra être retenu contre vous. Vous avez le droit à un avocat, etc., etc. (C'est ça qu'ils disent quand on se fait arrêter, apparemment, mais je ne sais pas vraiment, je ne me suis jamais fait arrêter). En l'espace d'un instant, Gilbert se fait passer les menottes sans trop réaliser tout ce qui se passe. Il est encore trop sonné par la surprise qu'Eva lui avait promise!

Au même moment, à Montréal, Bruno sort de la banque avec les enveloppes laissées par son père. Il est heureux de pouvoir commencer à travailler sur les dossiers de la compagnie. Il est à peine entré dans sa voiture qu'il ouvre la première enveloppe et y trouve un carnet. À côté, une note écrite de la main de Gilbert qui dit :

Bruno,

Voici le carnet que tu dois garder en lieu sûr en tout temps.

Il contient les vrais chiffres des contrats dans lesquels tu pourrais trouver des irrégularités. Eva a fait un travail impeccable, personne ne se rendra compte de rien. L'argent qui manque n'existe plus, mais tu pourras comprendre l'ampleur de la réussite de la compagnie avec ce carnet. Si tu examines bien les chiffres de ce livre et les chiffres de l'autre livre, tu vas comprendre la technique.

N'hésite pas à demander l'aide de quelqu'un en qui tu as confiance (pas Sheila, nous l'avons testée, elle ne marchera pas). Je te souhaite de bonnes affaires, mon fils.

Gilbert

Bruno jette un coup d'œil au carnet. Il ne s'y connait pas énormément en finance, mais il est clair que ce carnet contient des montants plus élevés que ceux qui se trouvent dans le livre officiel des chiffres de la compagnie. Il devient subitement clair à ses yeux que son père a détourné de l'argent de plusieurs contrats. Bruno pose le carnet sur le siège passager et il démarre sa voiture. Il se rend à son bureau à une vitesse impressionnante. Arrivé à l'immeuble de GBF, il court cogner au bureau de Sheila, la comptable. Il veut en avoir le cœur net et a besoin de l'avis d'un expert. Il n'avait pas compris jusque-là que lorsque son père lui parlait des *subtilités* des contrats, il voulait en fait dire *fraudes*.

Quelques minutes plus tard, Sheila, Clément et Bruno sont assis dans la salle de conférence à éplucher les différentes versions du livre de chiffres de la compagnie. Julienne, la stagiaire qu'ils ont trouvée en vitesse dans une école de secrétariat la veille pour remplacer Eva, entre dans la pièce sans cogner, toute nerveuse, accompagnée de deux hommes en complet. Bruno se lève pour accueillir les visiteurs, qui sont des enquêteurs fédéraux de la section des crimes économiques.

-Monsieur Bruno Boivin. Je suis l'enquêteur Morin, je suis responsable du dossier d'enquête qui vise la compagnie GBF Immobilier. Votre père vient d'être arrêté par Interpol à Genève où il a tenté de retirer l'argent de multiples fraudes. Nous l'avions à l'œil depuis longtemps. Nous sommes ici pour faire une perquisition. Votre bureau sera chambardé pour quelque temps. Nous vous demandons votre coopération, s'il vous plaît, et nous vous avisons que vous êtes également sous enquête. Nous vous demandons de nous remettre votre passeport s'il vous plaît.

Bruno est sidéré. Il a mené toute sa vie de façon juste et honnête. C'est sans aucune hésitation qu'il remet à la police tous les livres de la compagnie en prenant le soin d'expliquer ce qu'il a découvert. La police le considère comme un suspect, ce qui est normal étant donné sa position au sein de GBF, mais il n'est pas en état d'arrestation et il a la permission de se déplacer comme bon lui semble, tant qu'il se rapporte à la police lorsqu'on lui demandera. L'enquêteur Morin l'interroge sur la *femme* de son père, Claire Lacoste, qui n'apparait dans aucun dossier. Marthe est déjà écartée de tout soupçon, était donné qu'elle se trouvait en Europe durant toute la durée de l'opération et qu'un autobus entier de touristes peut en témoigner. Bruno songe tout de suite à Eva, qui peut très bien être cette Claire Lacoste. Mais la trace d'Eva Toledo demeure introuvable, étant donné qu'Eva Toledo n'existe dans aucun dossier.

Bruno se rend dans son bureau et referme la porte

derrière lui. Il s'assoit à sa table de travail et entreprend de fouiller dans ses courriels. Il essaie de retrouver celui que Marthe lui a envoyé avant son départ, sur lequel elle a détaillé les coordonnées de tous les hôtels où elle séjourne durant son voyage. Elle fait toujours ça quand elle part en voyage, *au cas où il y aurait une urgence.* Bruno s'est toujours demandé quelle urgence, à part un décès pourrait justifier le fait qu'il dérange sa mère durant un voyage. Aujourd'hui, il a un exemple. Il retrouve le courriel et compose le numéro de téléphone indiqué vis-à-vis la date d'aujourd'hui. Lorsque l'interlocuteur répond en allemand, Bruno continue en anglais. Il demande qu'on fasse le message à sa mère de le rappeler le plus vite possible. À peine l'homme qui a répondu a-t-il raccroché que le groupe de touristes dont fait partie Marthe passe dans le lobby de l'hôtel afin de se rendre à l'autobus. L'homme de la réception intercepte le guide. Celui-ci par à la recherche Marthe afin de lui transmettre le message de son fils. Il la retrouve dans l'autobus, installée confortablement, avec Jocelyne, prête à partir. Il lui dit de retourner dans l'hôtel, qu'elle a un message et que ça a l'air urgent. Marthe ressort de l'autobus avec Jocelyne et se rend au salon des technologies réservé aux clients de l'hôtel, ou il y a des téléphones ainsi que des postes Internet. Elle compose le numéro de portable de Bruno, qui répond à la première sonnerie :

-Maman!
-Bruno, ça va? Est-ce qu'il y a quelqu'un de mort?
-Maman, je n'ai pas le temps de te parler. C'est très important que tu fasses exactement ce que je te

demande tout de suite. Tu te logues sur Internet. Tu vas sur le site de ta banque et tu transfères tout l'argent de votre compte conjoint à toi et à papa dans ton compte personnel.
-Mais pourquoi? Il y a beaucoup d'argent dans ce compte-là!
-Justement, maman! Fais-le vite, toutes les minutes comptent! On parlera après. Je t'attends.

Marthe s'affaire. Elle n'est pas très bonne avec l'Internet, mais elle paye déjà ses comptes en ligne alors elle peut se débrouiller pour faire ce que son fils lui demande.

-Bruno? C'est fait. Qu'est-ce qui se passe?
-Maman. Écoute, ça ne va pas très bien à la maison, mais personne n'est mort. Crois-moi, ce que tu viens de faire va te rendre un service inestimable. Ne t'inquiète pas, tout le monde va bien. On va se voir demain, je vais aller te chercher à l'aéroport. Il se peut que je sois accompagné de quelqu'un. On va tout t'expliquer là. Ne t'inquiète pas. Je dois te laisser, mais je t'aime! À demain.

Bruno raccroche. Il s'assoit à son bureau et passe la main dans ses cheveux. Il a soudain le goût de voir Jamel. Il sort de son bureau, passe par la salle de conférence pour informer l'enquêteur Morin et son collègue qu'il sort, mais qu'il demeure joignable sur son portable.

Domenico Razzio arrive au bureau d'Eva avec hâte. Il veut tirer toute cette histoire au clair et retourner préparer son départ. Lorsqu'il sort de l'ascenseur, il voit une très jeune fille assise au bureau d'Eva. Il voit aussi des hommes en complet affairés avec des piles de documents dans la salle de conférence. Il demande à la jeune fille qui elle est et qui sont ces messieurs. Julienne lui répond:

-Je remplace l'assistante du président qui est repartie dans son pays. Ce sont des enquêteurs qui regardent les chiffres. M. Boivin a été arrêté en Suisse pour fraude. Il magouillait ça depuis longtemps avec une femme, mais ils ne trouvent pas la femme.

Domenico remercie chaleureusement Julienne et la gratifie d'un grand sourire. Ainsi, il s'est inquiété pour rien. Tout se déroule comme prévu. Eva est allée vider le compte en Suisse et a fait arrêter Gilbert, comme prévu. À l'heure qu'il est, elle est sûrement allée déposer cet argent dans leur compte à eux deux aux îles Caïmans. Il partira demain comme prévu et rejoindra Eva. Ils videront le compte et de là, ils partiront à Santiago et commenceront leur nouvelle vie. Domenico reprend l'ascenseur complètement rassuré et il s'en va préparer son départ, l'âme légère.

Ce jour-là, je reçois tous les produits d'esthétique que j'ai commandés. Ils sont roses et ils sentent bon! On a envie de les manger! Florence et Jamel doivent venir m'aider à tout placer dans le salon. Florence est déjà là depuis un moment et nous sommes en train de regarder tous les masques, les gloss, les crèmes hydratantes à odeur de gâteau au fromage et fraises. Nous avons hâte de commencer, mais nous attendons le spécialiste du stylisme et de l'étalage. Il est en retard, mais on ne s'inquiète pas. Le retard, c'est sa marque de commerce! Mon portable m'indique que j'ai un texto. C'est justement le maître étalagiste qui me dit de commencer sans lui.

Bruno s'est rendu au travail de Jamel et il lui a demandé de l'accompagner dans sa famille pour le souper, demain soir, lorsque sa mère reviendra. Bruno n'avait jamais demandé à son amoureux de l'accompagner dans sa famille, étant donné qu'il ne devait pas être connu. Jamel est très touché que cette fois ce soit différent. Et il me demande d'annuler notre rendez-vous, car il veut être près de Bruno, qui ne va pas très bien.

Je suis contente que Jamel soit là pour aider mon ami et que Bruno laisse enfin à son amoureux la place qui lui revient. Je suis aussi bouleversée par tout ce qui se passe chez les Boivin, mais comme je ne peux pas faire grand-chose, et que Florence et moi on ne peut pas travailler sans risquer que Jamel nous fasse tout reprendre à son arrivée, on décide d'aller manger au petit café tout près de mon salon. Ça faisait longtemps qu'on n'avait pas passé du temps juste nous deux, Florence et moi. Elle est ma meilleure amie et elle me manque beaucoup. Je suis contente qu'elle soit avec moi. C'est une belle journée pour moi, même si je suis très inquiète pour Bruno.

***

Le lendemain de l'arrestation de Gilbert, Bruno se rend à l'aéroport international de Montréal à la dernière minute. C'est l'heure du souper et les routes sont bloquées. Il est en compagnie de l'enquêteur Morin, qui a préféré l'accompagner, par mesure de sécurité et pour rencontrer Marthe. Marthe est déjà sortie des douanes et attend son fils avec ses bagages. Il l'accueille, lui présente son escorte et le laisse expliquer la situation pendant qu'ils se rendent à la voiture de Bruno. Marthe s'attend à ce que quelque chose de gros lui soit annoncé étant donné le coup de téléphone de Bruno qu'elle a reçu la veille à son hôtel. Mais elle a de la difficulté à assimiler toute l'information qui lui est donnée par le policier, surtout après toutes les heures de voyagement et le décalage horaire. Elle se sent saoule, tellement elle est fatiguée. L'enquêteur reconduit Bruno et Marthe chez elle et il retourne chez GBF, superviser le travail d'enquête. Il leur explique qu'il leur laisse un peu de temps pour arriver et reprendre leurs esprits, et qu'il les rejoindra un peu plus tard pour parler à toute la famille.

En entrant dans la maison de Westmount, Marthe remarque tout de suite que les effets personnels de son mari ne sont plus là. Même si elle a été avisée de son départ, elle ne s'attendait pas à ce qu'il ait tout pris avec lui avant de prendre l'avion pour Genève. Bruno comprend tout à coup que Gilbert avait préparé sa fuite avec Eva et qu'il n'a jamais eu l'intention de partir au Portugal avec sa mère. C'est à ce moment qu'il se sent trahi.

Il se réfugie dans le boudoir de Gilbert en attendant ses frères et sa sœur. L'enquêteur Morin viendra les interroger. Bruno sait que toute sa famille est bouleversée et il a hâte que tout le monde arrive. Bientôt, la nouvelle de l'arrestation de Gilbert sera annoncée sur Internet, à la radio et à la télévision. Bruno a obtenu des médias qu'ils attendent un peu avant de diffuser la nouvelle afin qu'il puisse mettre sa mère au courant. Il a eu un ordre de non-publication de la cour, mais c'est une grosse nouvelle qui comporte des enjeux importants alors il s'attend à ce qu'il y aura une fuite éventuellement. Il n'est pas prêt à faire face aux médias et à l'Amérique du Nord au complet. Aussi, comme il a vraiment besoin de la présence de Jamel, il se dit que le temps est propice pour un bouleversement de plus et qu'il est prêt à vivre au grand jour.

De son côté, Jamel est en route pour la maison de Westmount, lorsque son portable retentit. À l'autre bout, Clément lui apprend que la presse vient de sortir la nouvelle de l'arrestation de Gilbert, même si la parution n'a pas encore été autorisée. C'est donc à travers une horde de journalistes que Jamel doit passer pour entrer dans une maison prise de panique. Gilbert figure parmi les hommes d'affaires les plus en vue du pays, et la nouvelle de son arrestation constitue un gros scandale dans le monde de la finance et de l'immobilier.

Dès qu'il pose le pied dans le vestibule de la maison, Bruno vient l'accueillir.

Son arrivée est suivie de près par celle d'Hubert, un avocat de renom. Il s'occupera des choses de Marthe et discutera avec elle des détails de son mariage avec Gilbert et du fait qu'il ait une conjointe mystère. Marthe pourra convenir avec Hubert de quelle option sera la meilleure pour elle et son avenir. Après s'être entretenue brièvement avec Hubert et avoir compris les enjeux financiers et judiciaires qui se joueront, Marthe va voir son fils et lui chuchote *merci* à l'oreille. Bruno comprend qu'elle parle de la transaction qu'il lui a fait faire la veille, en Allemagne. Comme l'argent des fraudes a disparu aux mains de Claire Lacoste, tous les comptes qui sont au nom de Gilbert ont été gelés et l'argent de Gilbert sera certainement saisi. Grâce au fait que Marthe a transféré de l'argent dans son compte personnel, elle aura de quoi subvenir à ses besoins.

Dans la mêlée, Bruno présente Jamel à tout le monde et personne ne se formalise de sa présence et de son existence. Bruno est soulagé et il a même pu vérifier, bien involontairement un principe de relations publiques (apparemment c'en est un, mais je ne connais rien aux relations publiques): pour faire passer un scandale, il faut un plus gros scandale en même temps. Les gens sont trop occupés à être scandalisés par le gros scandale et le plus petit passe comme dans du beurre. Ils font ça pour des vedettes. Quand ils ont un potin plate sur eux, ils font sortir une nouvelle encore plus grosse sur quelqu'un d'autre, comme ça, les gens s'intéressent au gros potin et oublient le plus petit. C'est quand même brillant!

Ce soir-là, Bruno se couche tout habillé, épuisé. Il ne rêve pas, il tombe comme une brique et dort toute la nuit sans se réveiller. Il est crevé. Il a eu beaucoup d'émotions, mais il est empreint d'une sérénité nouvelle, comme si enfin, des choses fondamentales étaient réglées dans sa vie. Le lendemain matin, il dort longtemps. Il ne se lève pas pour aller courir, ni pour être au bureau avant son père, afin de prouver sa volonté de travailler dur.

***

Pendant que Bruno reprend des forces, c'est au tour de Domenico de prendre l'avion pour aller rejoindre son associée dans le crime. Lorsqu'il foule le sol de Georges Town, à Grand Caïman, une voiture l'attend. Domenico entre dans la voiture et le chauffeur lui remet une note d'Eva. La note est brève. Elle dit qu'elle ne sera pas à la banque à son arrivée, mais qu'il peut s'y rendre, vider le compte et qu'elle ira le rejoindre à l'hôtel plus tard. La voiture démarre. Domenico se cale dans son siège et se laisse conduire vers la liberté. Depuis plusieurs années qu'il travaille avec Eva. Il l'a connu à l'université. Elle était en droit et il était en finances. Ils n'allaient pas à la même université, mais ils avaient été présentés par des amis communs. Ils ne se connaissaient pas depuis l'enfance, comme ils disaient à ceux qu'ils rencontraient. Le père de Domenico était dans la construction et Domenico en avait appris assez dans le domaine pour ouvrir sa propre compagnie lorsqu'il a terminé ses études. Depuis longtemps, il a pris l'habitude de couper dans les matériaux de construction, dans les procédés pour garder de l'argent pour lui qu'il transférait dans un compte. En plus de l'argent qu'Eva réussissait à détourner de ses conquêtes, le compte est plein pour qu'ils passent une retraite très agréable.

Tout à ses réflexions, Domenico ne se rend pas compte que le chauffeur s'est arrêté devant la banque. Il sort de la voiture en demandant au chauffeur de l'attendre. Domenico entre dans la banque et se dirige vers la préposée assise au comptoir d'accueil. Il la salue, se présente en montrant une carte d'identité. La préposée le fait asseoir et attendre quelques instants. Elle réapparait quelques minutes plus tard avec une enveloppe en lui disant que c'est tout ce que sa femme, Beverly Critchley a laissé hier matin, lorsqu'elle est venue récupérer l'argent du compte. Domenico intrigué, croit à une surprise d'Eva, un genre de chasse au trésor, comme elle avait l'habitude d'en faire lorsqu'il rentrait tard à son appartement. Le prix au bout de cette chasse, c'était elle, très légèrement vêtue.

Mais cette fois, ce n'est pas une chasse au trésor, mais bien une lettre d'au revoir qu'Eva lui a laissé.

Querido.

Voilà bien des années que nous travaillons à remplir ce compte. Tu m'as appris beaucoup et je t'en serai toujours reconnaissante. Il est maintenant temps que nos chemins se séparent. Je te remercie pour tout et je t'aime. Je n'irai pas te rejoindre à l'hôtel, il est temps que tu commences ta nouvelle vie. Adieu,
E. XX

P.-S. J'ai vidé notre compte, je pars à la retraite, ne me cherche pas à Santiago, ce n'est pas là que je serai

Ce soir-là, dans la belle grande maison du Summit Circle, Marthe est assise dans son boudoir. Elle boit un verre de vin rosé et elle regarde les photos de famille qu'elle a fait encadrer, pour avoir toujours sous les yeux son mari et ses enfants lorsqu'elle est dans sa pièce préférée. Son boudoir est sa pièce à elle. Elle l'a fait aménager à son goût. Elle a fait appel à une décoratrice qui se spécialisait dans la décoration des maisons de l'époque de la sienne afin de recréer parfaitement le décor qui pouvait insuffler à sa demeure la chaleur de son époque. Elle a toujours beaucoup aimé sa maison. Pour elle, c'est plus qu'une maison. C'est un havre. Depuis le début de son mariage, Gilbert avait toujours beaucoup travaillé, beaucoup voyagé pour les affaires et consacré énormément d'énergie au développement de son entreprise. Elle a toujours été fière de son mari en tant que pourvoyeur et homme d'affaires. Elle et ses enfants n'ont jamais manqué de quoi que ce soit au point de vue matériel. Ils ont toujours eu de beaux vêtements et de belles autos. Les enfants ont fréquenté des écoles réputées et ont beaucoup voyagé. Par contre, Marthe a certainement manqué de proximité avec son mari. Même s'ils consacraient les rares journées de congé de Gilbert à s'occuper des enfants ensemble ou à faire une sortie de couple, elle a toujours eu l'impression qu'il aurait préféré être ailleurs lorsqu'il était avec eux. Durant toutes ces années, elle a toujours eu l'impression qu'elle n'arrivait pas à bien connaître son mari et qu'elle n'était qu'une infime partie de sa vie à lui. Elle avait donc décidé qu'il ne serait qu'une partie de sa vie à elle aussi. Il veillait à ce qu'elle ne manque de rien, et elle s'est fait une vie à elle. Elle s'est faite des amies, s'est jointe à un club de femmes, elle a fait pousser un jardin dans sa cour et elle a toujours entretenu un lien très étroit avec chacun de ses enfants.

Virginie, qui est elle-même une mère au foyer a épousé un homme riche. Leur situation se ressemble beaucoup. Même si elle n'est pas inquiète pour l'avenir financier de Virginie, elle a tout de même eu pour sa fille des ambitions professionnelles. Elle aurait aimé que Virginie puisse faire carrière, comme elle-même n'a pas pu le faire, étant donné les valeurs traditionnelles de son mari.

Et Bruno. Elle est tellement proche de Bruno, qui a toujours voulu plaire à son père et se rapprocher de lui par tous les moyens. Elle a toujours espéré qu'il soit heureux, qu'il trouve son chemin, car elle a toujours su que ce chemin était différent de celui des autres.

Après cette soirée mouvementée et pleine de surprises et de scandales, Marthe se dit qu'elle ne connaissait pas du tout son mari. Ce qu'a fait Gilbert semble être l'acte d'une personne dont elle ne sait rien. Elle se sent bouleversée, mais en même temps, elle se sent détachée, comme si depuis longtemps, sans s'en rendre compte, elle avait séparé sa vie de celle de Gilbert. Ce soir, elle ne sait pas ce qui va se passer, mais elle se dit que si durant toutes ces années elle a été capable de vivre toute seule, elle a maintenant le goût de le faire pour vrai, d'être vraiment indépendante. Et Bruno qui vient de lui présenter son copain, Jamil, Jamal, ou quelque chose comme ça. Elle est bien heureuse pour lui, car elle sait que Bruno ne laisse pas entrer facilement quelqu'un dans sa vie alors s'il a demandé à cet homme de l'accompagner durant cette épreuve, c'est qu'il compte beaucoup pour lui. Et s'il compte pour Bruno, il comptera aussi pour Marthe. Elle a aussi une petite pensée pour moi. Enfin, pas pour moi, pour Victoria. Elle se demande si elle pourra continuer de me voir. Euh. Enfin, de *la* voir.

***

Quelques semaines après tout ça, un samedi matin de septembre, je me réveille dans la chambre d'ami chez Florence. Cette fois, je ne suis pas triste. Au contraire. Je suis contente. Exaltée, même. Aujourd'hui, c'est l'ouverture officielle de mon salon d'esthétique! J'ai dormi chez Flo car c'est à deux minutes de mon salon et c'est beaucoup plus pratique comme ça... Et aussi parce que j'avais le goût d'être chez mon amie. Mais c'est vrai qu'il y a beaucoup à faire. Pour l'occasion, j'ai acheté un pantalon blanc et un petit haut rose en soie style boudoir. Ce n'est pas du Prada, ni du Chanel. Ça vient des promenades St-Bruno, et ça me plaît plus que tous les vêtements chers de couturiers, parce que ça me ressemble.

Je sors du lit de la chambre d'ami. Je tire sur la corde du store en bois qui, à mesure qu'il monte, laisse apparaître une grande fenêtre à partir de laquelle je vois la grande cour de Florence. Ouah! La journée est radieuse. Je m'habille avec soin et je descends dans la cuisine où Pierre-Olivier est en train de faire à déjeuner. Il a mis son tablier et il fait sauter des crêpes dans la poêle. Simon rit aux éclats et lui demande de le refaire. Florence court dans la maison en essayant de se maquiller, de mettre une ceinture et d'aider Charlotte à s'habiller. Elle est énervée! Je m'assois à la table et j'attends que Pierre-Olivier apporte les crêpes. En attendant, je prépare mon café chocolat-caramel. J'ai hâte à tout à l'heure. Après le déjeuner, on partira vers le salon pour organiser les détails de dernière minute. Mais je ne suis pas vraiment stressée, parce que j'ai déjà travaillé pas mal fort alors tout est assez prêt.

Tous mes amis sont là. Ma mère est venue, Jeanne aussi. Elle m'a apporté de belles fleurs roses et une belle carte qui me dit qu'elle est fière de moi et qu'elle est très heureuse de m'avoir comme coloc. Elle dit qu'elle regrette d'avoir douté de moi et qu'elle me souhaite la meilleure des chances dans mon entreprise. Moi, Emma! J'ai une entreprise! Et dans un petit sac-cadeau rose, elle a déposé des cartes de visite super design qu'elle a faites à son Espace-loft! En plus, dessus, il y a une adresse Internet : l'adresse du site Web de mon salon! Je lui saute dans les bras et la remercie d'être là pour moi! Jeanne m'a tellement aidée et soutenue depuis les dernières années. Je lui dois beaucoup. Ah! Non! Là, j'ai les larmes aux yeux, je vais pleurer! Mais je n'ai pas le temps de me mettre à pleurer car c'est à ce moment que j'aperçois Juliane, notre amie qu'on a rencontrée à Cuba. Elle a terminé sa mission en Afghanistan et elle comme elle a gardé contact avec nous par Facebook, Jeanne l'a invité à mon ouverture!

Bruno et Jamel sont là aussi. Jamel est émerveillé par son travail de stylisme et ne cesse de dire à quel point le salon est beau! Bruno et lui se tiennent collés. Ils sont très mignons à voir.

Marthe et Virginie sont aussi présentes. Bruno leur a expliqué qu'il m'aimait bien, mais que j'étais du mauvais sexe, et elles ont ri. Le seul problème, c'était mon nom. Elles me connaissaient sous le prénom de Victoria depuis le début, et maintenant, il fallait bien leur dire que je m'appelle Emma. Bruno a prétexté une extravagance, un caprice de ma part, du style fantasme d'artiste. Genre que Victoria, c'était le nom que j'aimais et que je voulais que les gens m'appellent comme ça. C'est vraiment boiteux comme explication, mais j'aime mieux passer pour une bizarre que pour une menteuse. Je suis vraiment contente qu'elles soient venues à mon ouverture, surtout que je sais que les dernières semaines n'ont pas été faciles pour elles. Quelques jours après l'arrestation de Gilbert, Bruno est venu me rejoindre au salon alors que je faisais des étiquettes de prix pour mettre sur chacun des produits que je vais vendre. Il a apporté des sushis, et on s'est installés ensemble pour dîner, assis sur le comptoir. Et là, il m'a tout expliqué. Apparemment, Gilbert était sous enquête depuis plusieurs années. Il vendait des lots de terrain à des entrepreneurs, mais il gardait une portion de l'argent pour lui. Il transférait cet argent dans un compte en Suisse. Quand Eva Toledo a cogné à la porte de la compagnie pour avoir un stage d'études, Gilbert l'a tout de suite embauché parce qu'elle lui a fait comprendre qu'elle connaissait les rouages du blanchiment d'argent. En fait, c'est Domenico Razzio qui a flairé la bonne affaire en envoyant Eva voir

Gilbert. Apparemment, une relation se serait développée entre Gilbert et Eva à qui il confiait le soin de transférer l'argent dans le compte et de falsifier les livres. Lorsque Bruno a appris la relation de Gilbert et d'Eva le soir où il les a surpris ensemble, dans la salle de bain du bar, Gilbert a eu peur de devoir laisser beaucoup de son argent à sa femme dans un divorce alors il a préféré se sauver avec Eva. Par contre, elle l'a devancé et a vidé le compte seule étant donné que c'était elle qui faisait toutes les transactions sous le nom de Claire Lacoste. Elle a ensuite avisé anonymement Interpol que Gilbert viendrait vider son compte et elle leur a envoyé la liste des contrats dans lesquels Gilbert avait fraudé.

Selon les informations que la police a pu donner à Bruno, Domenico Razzio avait lui aussi une façon de détourner de l'argent, en réduisant les coûts de construction des maisons vendues. Il utilisait des matériaux moins chers et souvent non réglementaires et il gardait l'argent en surplus. Il avait un ami évaluateur à qui il graissait la patte afin que les maisons passent l'évaluation de qualité. C'est ce qu'il faisait dans la construction de ses maisons écologiques, le contrat qu'il avait eu avec GBF Immobilier. Les maisons ne respectaient pas les normes éco énergétiques en vigueur, mais les clients payaient pour la certification. Apparemment, Domenico avait aussi confié à Eva le soin de garnir son compte afin qu'ils en profitent tous les deux. Cependant, Eva avait vidé le compte qu'ils détenaient au nom de Domenico aux Caïmans avant de s'éclipser avec tout l'argent. Un mandat d'arrêt international a été lancé contre Eva Toledo, mais vraisemblablement, elle ne s'est jamais appelée comme ça. Personne n'a aucune idée de qui est véritablement cette fille! C'est incroyable! On dirait un roman policier!

Dans la famille de Bruno, ça bouge! La maison de Westmount sera mise en vente pour rembourser l'argent détourné par Gilbert. Celui-ci a été rapatrié au pays et sa femme est allée le visiter dans sa prison. On ne sait pas ce qu'ils se sont dit, mais quand elle est sortie de là, Marthe était décidée à divorcer. Elle a consulté Hubert et Clément et ceux-ci sont d'avis qu'elle pourrait obtenir le tout très vite, puisqu'il y a eu adultère. (Il paraît que c'est un motif de divorce incontestable et immédiat, mais je ne connais rien au divorce). Quoi qu'il en soit, après être revenue de la surprise qu'elle a eue à son retour de voyage, Marthe est maintenant alimentée par une énergie nouvelle. Elle et Virginie ont plein de projets mère-fille, comme aller à l'école ensemble. C'est cool! Je devrais peut-être faire des projets avec France, moi aussi?

Quand je vois Marthe arriver à mon ouverture, je vais vers elle et je la prends dans mes bras! Après toute l'histoire du contrat entre Bruno et moi et de notre faux couple, elle aurait plein de raisons d'être fâchée contre moi, mais elle ne connaît rien de cette histoire. Et je ne me sens pas obligée de lui en parler. Tout est bien qui finit bien.

Elle me tend les bras et me dit :

-Ma belle fille! Je suis contente de te voir! Je suis

juste déçue qu'il n'y aura pas de mariage et que je n'aurai pas de robe à m'acheter...

Jamel nous entend discuter et il intervient dans la conversation:

-Faut pas parler trop vite, on ne sait pas s'il n'y aura pas de mariage.

Marthe le regarde sans trop comprendre...

-Quoi? Mais qui...
Elle me regarde et elle se tourne vers Jamel, qui nous adresse un sourire coquin.

À ce moment, un livreur de Purolator arrive avec un colis pour moi. Ce sont mes dépliants publicitaires! Je les ai fait faire par Internet, par une compagnie en ligne qui imprime toutes sortes de fournitures commerciales. On choisit un fond, on entre les informations de notre entreprise et on envoie le tout. Et quelques jours plus tard, on a des dépliants super cools! Je les sors de leur boîte et j'en distribue à mes invités pour les faire admirer. Je suis super contente, mais je me rends compte que quelque chose n'est pas normal lorsque Pierre-Olivier se met à rire, suivi d'autres personnes. Je me demande pourquoi plusieurs invités rient, certains aux larmes. Quelque chose cloche dans mes dépliants. Merde! Il y a des fautes dans la liste des services offerts. Lorsque nous étions à l'appart en train de faire la conception, Jeanne et moi, on avait bu pas mal de cosmos et de Tequila Rose et on s'est mises à déconner et à écrire des choses stupides comme services. Et on a oublié de tout corriger avant d'envoyer notre commande. Sur les mille dépliants que j'ai fait faire, c'est écrit *épilation à la cire bouillante* et *arrachement des poils de craque*. Merde! Je ne peux pas distribuer ça! Heureusement que Pierre-Oliver, l'œil toujours vif, s'en est rendu compte! J'aurais eu l'air de quoi si tous les résidents de St-Lambert avaient reçu cette version-là!

***

Partie VIII

Mon salon d'esthétique est ouvert depuis déjà un mois. J'aime beaucoup ça. J'ai des clientes, mais pas encore assez à mon goût. Sheila, la comptable de Bruno s'occupe de mes affaires. Comme ça, je ne me casse pas la tête, parce que moi, je ne connais rien en comptabilité.

Ce que j'aime le plus faire, c'est les pédicures. Les gens sortent de mon salon avec de beaux pieds! Mais je fais encore des gaffes. L'autre fois, j'ai lavé les pieds d'une cliente et ils sont devenus blancs et tout rudes. Elle a dit que ça piquait et ça sentait vraiment drôle. Je croyais pourtant avoir utilisé de l'antiseptique, mais je m'étais trompée avec du dissolvant à vernis. Je crois bien que je ne la reverrai pas.

Toujours est-il que je n'ai pas assez de clients alors je décide de faire de la pub. Jeanne a corrigé les fautes dans les dépliants et on en a commandé des nouveaux. Je crois que le meilleur est d'aller les porter dans les boites aux lettres des habitants du quartier. Comme Florence habite juste à côté du salon, elle décide de m'accompagner et de distribuer elle aussi des dépliants. Nous partons donc un dimanche matin avec la brouette à enfants de Florence, ses deux enfants dedans, et entre eux, une grosse pile de dépliants. On décide de faire chacune un côté de rue, pour aller plus vite. Au début, ça va bien. Mais il fait chaud et moi je n'ai pas mis de bons souliers pour marcher. Je continue quelques minutes, mais très vite, je traîne de la patte. En plus, comme on est souvent arrêtés, Simon et Charlotte commencent à être tannés et à se disputer. Finalement, après deux coins de rue, Florence me dit qu'elle va aller porter les enfants chez elle et les laisser à Pierre-Olivier pour qu'on puisse continuer toutes les deux. Je décide de l'accompagner chez elle.

Une fois chez Flo, on entre la grosse brouette dans la cour. Elle va dans la maison à la recherche de son mari. Pendant ce temps, moi, j'enlève mes souliers et je masse mes pieds douloureux. Ouille! Je décide de tremper mes pieds dans la piscine, ça me fera certainement du bien.

Lorsque Florence ressort de la maison en annonçant que c'est réglé et qu'on peut repartir, je suis fourbue et je n'ai pas du tout le goût de me remettre à courir les maisons. Je suis étendue de tout mon long sur le patio, les pieds qui flottent dans la piscine. Florence semble découragée de mon attitude. Elle me dit que je n'aurai pas de cliente si je passe le temps qui est consacré à la publicité à faire autre chose. Mais on finit quand même la journée en buvant des cosmos sur le bord de sa piscine. On a tout le temps de faire de la pub. Le dimanche, il faut se reposer!

En juin, c'est le temps des bals de finissants. J'ai beaucoup de maquillages à faire ainsi que des manucures et des pédicures. Ce matin, une fille arrive avec sa mère pour son maquillage de bal. À voir sa tête, elle sort de chez le coiffeur. Sa mère parle à sa place. Elle me dit de la maquiller comme elle veut. Elle a apporté sa robe pour me montrer le style et la couleur. Elle dit qu'elle doit aller chercher des fromages à l'échoppe et qu'elle viendra reprendre sa fille et me payer plus tard. Et elle quitte le salon sans un bonjour pour sa progéniture. Franchement. Elle est bête avec sa fille! La petite, qui s'appelle Cendy est très jolie. Le teint frais d'une fille de seize ans (normal, elle a seize ans), les cheveux blonds. Je la fais asseoir et je lui demande ce qu'elle veut comme maquillage. Elle me répond qu'elle veut des yeux charbonneux. Hum. Je suis bien d'accord, mais je ne suis pas certaine que sa mère le sera. Je lui demande :

-Est-ce que tu crois que ta mère voudra?
-C'est mon bal à moi, non? Elle puis elle vous a dit de me faire ce que je voulais.

Elle a raison, c'est ce qu'a dit sa mère. Nous y allons donc avec des yeux charbonneux et des lèvres *nudes* très tendances.

Lorsqu'elle se regarde dans le miroir, Cendy est vraiment satisfaite de son maquillage et je dois l'avouer, moi aussi. Lorsque sa mère entre dans le salon, nous sommes très heureuses de lui montrer l'œuvre. Mais nous changeons d'idée en voyant son air horrifié.

-Voyons! On dirait une femme battue! Cendy, enlève ça tout de suite, il n'est pas question que tu sortes sur le trottoir maquillée comme ça!

Je suis un peu confuse, mais je n'ai pas le temps de réagir. Cendy se lève, regarde sa mère, très calme et lui dit :

-Maman, c'est la mode. Et puis j'aime beaucoup ça. C'est mon bal, c'est une seule soirée et j'aimerais être fière de mon apparence ce soir.
-Oui, c'est une seule soirée, et c'est la plus importante avant celle de ton mariage. Quand tu vas regarder tes photos de bal dans quinze ans, je ne pense pas que tu seras fière d'y être allée avec deux yeux au beurre noir!

Je vois les pupilles de Cendy, toujours très calme, devenir noires. Est-ce l'effet du maquillage? Je n'ai pas trop le temps d'y réfléchir, Cendy éclate. Bientôt, elle et sa mère crient dans mon salon, chacune essayant d'enterrer l'autre. Et le propos n'est plus le maquillage, je crois qu'elles règlent leurs comptes personnels. Merde! Ma prochaine cliente, qui lisait tranquillement une revue en attendant son tour, se lève tranquillement et se dirige vers la porte du salon. Je réussis à la retenir le temps que j'entraîne vers l'extérieur les deux furies.

Sur le trottoir, mère et fille continuent de s'engueuler. Je ne crois pas que quinze dollars fera un gros vide dans mon budget à la fin du mois. Je décide qu'il vaut mieux pour moi et la réputation de mon commerce de les laisser partir sans payer. J'interromps leur chicane timidement juste le temps de leur dire que je leur offre le maquillage et que je souhaite à Cendy un bon bal et je rentre aussitôt, j'ai bien trop peur qu'elles me répondent et que je me retrouve de nouveau prise dans leur dispute. Mon Dieu! Je ne me suis jamais engueulée comme ça avec France!

***

Jeanne et moi on habite encore dans l'appart et on va toujours au bar au coin de la rue ainsi qu'au Café El Dorado lorsqu'on en a l'occasion. Je prends le métro pour me rendre à St-Lambert tous les matins pour ouvrir mon salon. Le midi, Florence vient parfois me rejoindre, avec Charlotte ou seule et elle apporte de quoi dîner, ou nous allons manger au café, à la fromagerie ou dans le petit parc près du salon. Bruno vient me rejoindre aussi à l'occasion comme ce midi, le temps d'un café et de potins. Il me parle de lui et Jamel, qui emménage maintenant dans le condo super classe du Vieux-Montréal de Bruno. Il me parle aussi de Clément, avec qui il continue de travailler. J'ai toujours un peu de peine quand il parle de Clément. Mais j'imagine que ça va finir par passer. Et il me parle d'Hubert, l'avocat de Marthe, le gars par qui tout a commencé, celui que j'ai rencontré chez Holt Renfrew et qui m'a recommandée à Bruno. Il vient de se séparer de sa femme et est parti à la chasse. Bruno me demande ce que je pense d'Hubert. Je ne suis pas intéressée. Il est très gentil, mais je ne suis pas attirée par lui. Peut-être parce qu'il est avocat? Il me rappelle trop Clément? En tout cas, je n'ai pas le goût de faire semblant de m'intéresser à quelqu'un juste pour ne pas être seule. Mais peut-être que Jeanne pourrait le rencontrer? Elle n'a pas de chum depuis une éternité. Elle est super belle pourtant, mais elle travaille trop dans son Espace-Loft pour rencontrer quelqu'un. Il faudrait qu'on organise un souper d'amis et qu'on invite Jeanne et Hubert, ça pourrait marcher. Ça y est! Bruno et moi on est emballés par notre nouveau projet de les matcher ensemble et on se fait plein de plans!

***

Le dimanche suivant, deuxième séance de publicité! Cette fois, Bruno a décidé de m'accompagner. Et il est organisé! Il chez moi à 8 h avec un smoothie au soya pour moi. Il sirote le sien et à le voir, ça a l'air comparable à de la potion magique de Panoramix. Il pète le feu! Il est habillé en sport, comme pour aller courir, avec des bouteilles d'eau autour de sa ceinture et tout. J'ouvre la porte encore fripée et il me traîne d'un seul coup en bas de l'escalier jusque dans sa voiture. Il me fait monter avec empressement et j'ai à peine le temps de m'asseoir que déjà, nous filons vers le pont Jacques-Cartier. On est dimanche, il est tôt. Il n'y a pas une auto sur la route. C'est sûr! Tout le monde dort encore à cette heure-là! Pfff! Nous arrivons très vite à St-Lambert et Bruno se stationne devant le salon. Il prend ensuite son sac sur la banquette arrière et en retire une carte géographique du secteur. Il a fait un périmètre de publicité! Ayoye! Je comprends pourquoi il est un si bon homme d'affaires! Je n'aurais jamais pensé à faire ça, je ne saurais même pas comment faire! Il sort un feutre et étale la carte sur nos genoux. Il se met à faire des dessins pour savoir dans quelles rues on doit aller. Comme je suis poche pour lire des cartes, je ne suis pas certaine de comprendre ce qu'il fait. Je le laisse donc travailler en paix et lorsqu'il a terminé, il me tend un paquet de dépliants et en prend un paquet pour lui. Ensuite, on sort de sa voiture. On marche un petit bout sur l'artère commerciale. C'est désert.

On se rend dans le secteur résidentiel. Ça y est! On commence. On a convenu de faire chacun un côté de rue en courant. Je commence mon côté. Un dépliant, une boîte aux lettres! Facile! Oups. Cette maison a un escalier. Je monte. Un dépliant, une boîte aux lettres. Je descends. Un autre escalier. Je monte, et ainsi de suite. Après six maisons, je ne trouve plus ça si facile. Je commence même à être essoufflée. Je regarde Bruno qui est bien loin devant. C'est quoi son truc? Ah! Il court. Mais aussi, il passe par-dessus les parterres des gens, en enjambant les arbustes et les rocailles. Je ne pensais pas qu'on avait le droit de faire ça. Je croyais que c'était impoli de passer sur les terrains des gens. Mais si Bruno le fait... Je vais l'essayer moi aussi, je vais certainement aller plus vite comme ça. Bruno, qui a déjà terminé son côté de rue, vient vers moi (en courant, bien sûr) pour m'aider à terminer le mien. Un dépliant, une boîte aux lettres. Voilà. Je suis heureuse de montrer à Bruno que j'ai des aptitudes athlétiques moi aussi! Je regarde le buisson et la rocaille devant moi qui sépare les deux terrains. Je m'enligne, et j'essaie de mesurer mentalement la largeur du saut que je dois faire. Je m'élance! Aw! Je vole! Et j'atterris... Sur le dos, dans les buissons et dans la roche du parterre d'une maison.

Aie! J'ai mal. Je suis toute brisée! J'ai le dos en bouillie, je suis très mal en point. Et j'ai très honte de moi. Je veux m'endormir maintenant et me réveiller quand tout le monde sera mort autour de moi et que personne ne saura qui je suis. Je me risque à jeter un œil vers Bruno, que j'avais évité de regarder jusque-là. Son visage affiche un mélange d'horreur et de fou rire. Il me tend la main pour m'aider à me relever. Comme je m'apprête à l'attraper, j'entends un petit chien qui jappe. Et apparemment, le petit chien a alerté son maître, parce que celui-ci ouvre la porte les cheveux en bataille, en robe de chambre, une tasse de café à la main et nous contemple, moi couchée dans son parterre tout écrasé et Bruno, plié de rire. Le monsieur n'a pas un grand sens de l'humour, je crois, ou alors il s'est levé du mauvais pied, parce qu'il se met à hurler après moi. Il dit que j'ai détruit son parterre (là-dessus, je ne peux pas argumenter, il n'a pas tort) et qu'il va me poursuivre. Je suis toujours couchée dans ses fleurs et je sens que je vais bientôt me mettre à pleurer quand Bruno prend la parole à ma place et dit au monsieur avec son ton le plus poli.

-Monsieur, nous sommes désolés. Je ris à cause de la situation, mais nous n'avions pas l'intention de briser votre parterre. Nous sommes payés au salaire minimum et plus nous faisons de maisons, plus nous gagnons d'argent. Elle a juste essayé d'aller un peu plus vite, sur mes encouragements. Pardonnez-la.

Bruno est vraiment convaincant. J'ai presque pitié de lui! Et le monsieur aussi, on dirait. À un moment, j'ai presque l'impression qu'il va lui donner de l'argent. En tout cas, il se calme et il nous dit de déguerpir au plus vite. Ce que nous faisons, après que je me sois relevée et après avoir essayé de replacer un peu ses plantes et ses roches. Je repars en claudiquant. J'ai mal partout, on dirait qu'un autobus m'a frappée. Je suis poche en sport et j'aime pas ça le sport. Ça m'apprendra à essayer d'en faire, surtout pour impressionner un gars avec qui je ne sortirai même pas! Pfffff!

***

Un matin d'automne, j'arrive au salon et j'ouvre la porte. Hum! J'hume l'odeur de produits cosmétiques aux arômes de gâteau au fromage et de tarte aux fraises! Je pose mon sac sur le comptoir et je m'assois dans le milieu de la pièce. Je contemple ce que je vois. J'aime mon salon. Il est assez grand, les couleurs, deux tons de rose et des appliqués muraux noirs avec quelques accessoires qui rappellent ces appliqués donnent une apparence soignée et chic à la pièce. C'est calme et il règne une ambiance détendue et agréable. Je suis en train de me dire combien je suis fière de moi quand la porte s'ouvre. Il est bien trop tôt pour que ce soit une cliente. J'arrive toujours une heure avant la première cliente le matin, pour avoir le temps de m'imprégner de l'ambiance et de savourer mon café chocolat-caramel. Je mets de la vieille musique française et je savoure la vie en préparant mon premier rendez-vous de la journée. Quand mes clientes arrivent, je suis détendue et de bonne humeur!

Ce matin, par contre, Florence entre en trombe. Elle est avec Simon et Charlotte, qui sont assis dans la grosse brouette à enfants :

-Emma! Sur ma rue, il y a un jumelé à louer! J'ai vu la femme mettre la pancarte en allant au parc avec les

enfants. Je lui ai parlé. Elle part pour deux ans en Angleterre avec son mari qui est professeur à McGill. Il s'en va enseigner à l'université d'Oxford et ils ne veulent pas vendre leur maison. Je lui ai dit que tu étais intéressée. Allez, viens voir!
-Mais, je ne peux pas, je suis au travail. Et je n'ai pas besoin de déménager, j'ai l'appart.
-Tu n'as pas de cliente tout de suite, tu as le temps de venir faire un petit tour deux minutes. Tu pourras lui dire que tu vas revenir plus tard. C'est juste pour qu'elle sache que tu es vraiment intéressée!
-Mais je ne suis pas intéressée!
-Allez! Vite, le temps passe!

Je me lève avec mon café dans les mains et je prends mes clés. Florence est déjà rendue dehors et je la suis en fermant la porte. En marchant sur la rue principale, Florence, qui est complètement emballée par *son* projet de *mon* déménagement m'explique :

-L'appart, c'est pas vraiment à toi, c'est celui de Jeanne. Tu as commencé par squatter pendant quelques semaines et puis tu lui demandé si tu pouvais habiter avec elle quelque temps et je suis sûre qu'elle est contente que tu sois là, mais qu'elle serait encore plus contente de retrouver son intimité. Arrive en 2011, Emma, tu as 28 ans. On n'habite plus avec des colocs à 28 ans. En plus, tu te tapes le chemin en transport en commun à tous les jours jusqu'à St-Lambert. Là, ça te prendrait deux minutes à pied et tu serais arrivée. En plus, ta mère habite proche et moi, je suis sur la même rue! Tu arrêterais de venir tout le temps dormir à maison et P.O. ne serait pas aussi à bout quand il te verrait arriver, car il saurait que tu repartirais chez vous.

Elle dit ça d'un seul trait, en courant presque et en tirant son énorme brouette à enfants, comme si elle avait préparé son texte et qu'elle l'avait répété plusieurs fois dans sa tête. Je n'ai même pas le temps de me rendre compte que nous sommes déjà rendues devant la maison qui est à louer. C'est vrai que c'est une habitation charmante. Dans une rue calme pleine de gros arbres. Des parterres fleuris et bien entretenus. La maison est un jumelé carré en briques rouges avec un balcon en bois vernis qui s'agence aux contours de fenêtres. Une cour clôturée parait à moitié sur le côté de la maison. Je suis encore à contempler l'extérieur quand je me rends compte que Flo a déjà sonné à la porte et que la propriétaire vient d'ouvrir. Flo a l'air d'un vrai moulin à paroles :

-Madame, c'est l'amie dont je vous ai parlé. Elle a le nouveau salon d'esthétique qui vient d'ouvrir et elle a vraiment besoin de votre maison. Elle va en prendre soin, regardez comme elle est soignée.

La dame se met à rire. Elle se présente à nous. Elle s'appelle Jacqueline. La cinquantaine, l'air sympathique et souriant, elle nous invite à entrer. L'intérieur de la maison est aussi enchanteur que l'extérieur. Elle a été construite dans les années 1900 et l'ambiance est chaleureuse et réconfortante. Les poutres en bois de la structure sont apparentes au plafond. Dans le salon, il y a un mur de briques. Les murs sont soit décorés de lambris ou de coffres et ornés de papiers peints. Le mobilier est surtout composé de pièces d'ébénistes et d'antiquités. Et il y a plusieurs plantes, dans toutes les pièces. La salle de bain contient un bain à pattes. Tout est bien sympathique dans cette maison, et je me sens bien, ici.

Comme je suis pressée par le temps, car ma première cliente arrive bientôt, je dis à Jacqueline que je suis super intéressée (qui ne le serait pas en ayant vu l'endroit), mais que je dois prendre ma décision d'ici la fin de la journée, pour ne pas me tromper. Elle est d'accord et me réserve la maison jusqu'au soir. Elle nous dit que c'est à cause de Florence qui lui a paru gentille au premier abord et de moi qui semble être respectueuse. Wow! Je ne me suis jamais fait dire que je suis respectueuse! C'est un beau compliment, respectueuse!

Je ressors de la maison de Jacqueline avec Florence et les enfants. Nous prenons le chemin du retour et pendant que nous marchons, ils essaient tous les trois de me convaincre de louer la maison. Lorsque nous passons devant chez elle, Florence part dans la direction de son entrée en me criant *bonne journée, voisine!* et moi je prends la direction du salon. En marchant, je me mets à rêver. C'est vraiment une superbe maison. Et puis, je n'aurais pas à l'acheter, elle est à louer, toute meublée donc ça ne me coûterait rien pour des nouveaux meubles ou de la décoration et même pas non plus pour un camion de déménagement. Et puis, c'est vrai, ce serait une économie de temps pour le voyagement et je sauverais de l'argent dans le transport. Je serais bien moins fatiguée et j'aurais plus de temps pour moi.

Je dois arrêter de penser à tout ça, puisque lorsque j'arrive devant le salon, ma cliente sort de sa voiture. Elle vient pour une pédicure. J'aime cette cliente. Elle vient tous les mois faire refaire son vernis et nous jasons de plein de choses. Je l'invite donc à entrer et je lui offre un thé accompagné de cupcakes roses. Je m'installe devant elle. Je sais que c'est une cliente qui très chatouilleuse, je dois toujours faire attention à lui prendre le pied fermement, car quand c'est trop doux, elle se met à rire et me donne des coups avec ses pieds. On en rit toujours! Mais cette journée-là, je pense à ma peut-être future maison et je ne porte pas assez attention à ce détail. Je suis en train de jaser avec ma cliente et sans faire exprès, lorsque je prends son pied pour lui appliquer de la crème, j'effleure la plante du bout de l'ongle. Et son pied part. Je le reçois violemment dans l'œil. Je me penche sur moi-même et je crie de surprise plus que de douleur. Ma cliente est complètement horrifiée. Elle se lève d'un bond et se met à sauter sur place sur un pied et sur l'autre, comme les cowboys qui se font tirer des coups de fusil dans les pieds pour qu'ils dansent dans les films westerns. Elle est si surprise et désolée qu'elle se met à pleurer. Je relève la tête dès que mon œil fait moins mal et je m'excuse de l'avoir chatouillé par inadvertance. Elle pleure, elle s'excuse aussi. Je me lève pour aller voir dans le miroir si mon œil est encore à sa place. Je me sens comme s'il avait explosé, ça picote et ça fait chaud dans tout le haut de mon visage. Pendant ce temps, ma cliente prend son sac et sort en vitesse du salon. En deux secondes, elle a pris ses souliers dans ses mains, m'a laissé le coût du soin sur la chaise et est disparue. Je sors en espérant la rattraper. Je me mets à crier son nom dans la rue et à la chercher frénétiquement des yeux. Les passants me regardent, mais je n'y suis pas attentive. Peine perdue. La voiture de ma cliente n'est plus là et mon œil fait de plus en plus mal. J'ai sûrement l'air très bizarre à en juger par le curieux regard que me lance une vieille dame à l'air snob qui promène son chien à l'air snob.

Après ma dernière cliente de la journée, je prends toujours le temps de nettoyer le salon pour qu'il soit impeccable. Aujourd'hui, je passe le balai en réfléchissant à la petite maison. Elle est superbe et je serais tellement heureuse, là-bas! Près de chez Florence, tout près de mon travail et de la rue principale où je pourrais aller chercher un café tous les matins, et faire mes courses du souper à pied en retournant à la maison. Et comme le salon roule suffisamment, je peux me payer un loyer par moi-même. Ça y est. Je m'emballe encore. Il faut que je sois prudente, je m'emballe toujours trop vite et après, je suis déçue.

Lorsque mon ménage est terminé, je ferme le salon à clef et je sors. Je me promène sur la rue où plusieurs commerces sont alignés. Pour la plupart, des commerces de luxe ou de produits fins. J'aime cette rue. Je continue de marcher en direction de la maison à louer. Je vais aller la revoir. Juste de l'extérieur. Je vais voir ce que ça me fait comme impression. Je passe devant chez Florence. Pierre-Olivier n'est pas encore rentré du travail. Si je me dépêche, j'aurai peut-être le temps d'aller la voir vite avant qu'il n'arrive. Je sais que P.O. trouve que je suis envahissante, alors j'essaie de faire un peu attention.

Je sonne à la porte de la petite maison. Jacqueline vient m'ouvrir et je vois son visage changer lorsqu'elle aperçoit mon œil, qui est maintenant rendu cerclé de noir. Elle ne m'a pas manqué, ma cliente chatouilleuse. Je suis gênée. Qu'est-ce qu'elle va penser de moi?

-Euh... J'ai eu un petit accident... Euh... de travail... Ça ne fait pas mal...

Là il faut que j'arrête de parler. Je suis comme ça, moi, je parle toujours trop. Je mens, mais elle n'a pas besoin de savoir que la moitié de la tête m'élance comme si quelqu'un me frappait dessus avec un marteau à intervalle régulier. Elle me fait entrer. Je ne parle pas, j'attends. Peut-être qu'elle ne voudra plus me louer sa maison avec mon air de boxeuse, elle va peut-être avoir peur que je sois un genre de folle agressive ou quelque chose comme ça. Mais Jacqueline me dit :

-Alors, qu'avez-vous décidé pour la maison? Vous intéresse-t-elle toujours?
-Oui! Bien sûr, j'étais venue pour dire que je la veux!
-Bien! Venez à la cuisine. Mon mari a fait préparer des papiers pour signer la location. Comme nous vous la laissons toute meublée, nous prenons des précautions supplémentaires, vous comprenez. Ah!

Nous ne pouvons pas apporter notre voiture en Europe, et comme il faut qu'elle continue à rouler durant notre absence, si vous la voulez, elle vient avec le lot. Pas de frais pour la voiture, à part l'entretien et l'utilisation que vous en faites.

Je n'avais pas prévu ça! Une belle vieille Volvo Cross Country pour moi durant deux ans! C'est trop génial! Je suis Jacqueline jusque dans sa cuisine (*ma* cuisine) afin d'officialiser mon nouveau chez moi!

***

Comme Jacqueline et son mari partent pour l'Angleterre assez rapidement, mon déménagement est imminent. Pour souligner l'événement, et aussi parce que ça va nous manquer d'être ensemble, Jeanne et moi on organise un souper de départ pour moi à l'appart. Notre dernier souper à l'appart en tant que colocs! La liste d'invités se compose de Bruno et Jamel et d'Hubert, le gars du Holt Renfrew. Pour que ça fasse moins blind date, Jeanne a invité un de ses collègues de son Espace-Loft, Jivan. Comme ça, ça va paraître moins évident qu'on veut les caser, même si tout le monde le sait, Jeanne et Hubert les premiers.

On fait une fondue au fromage et un mi cuit au chocolat pour dessert. Évidemment, il y a beaucoup de vin et pour les gars, il y a du whisky, à la fin du repas. Jeanne et moi, on prend des verres de Tequila Rose avec un peu de lait et une fraise dedans. Vers 22 h, on décide de traverser au bar qui est au coin de la rue. C'est la dernière fois que je vais aller à ce bar en tant que résidente du quartier. Je suis un peu nostalgique. Jeanne et Hubert jasent ensembles, Bruno et Jamel aussi et moi, ben, je suis assise devant Jivan, que je connais un peu, mais avec qui, il me semble, je n'ai strictement rien à partager. Après plusieurs minutes de silence de part et d'autre, je décide d'ouvrir la discussion en lui demandant sur quoi il travaille présentement dans le loft. Il n'en fallait pas plus pour ouvrir la valve et Jivan se met à déverser un flot de paroles. Je ne l'écoute pas. Je pense à ma vie. À combien j'ai été heureuse ici, avec Jeanne et dans ce quartier. Et aussi avec Clément. Et comment j'aime mon salon d'esthétique et que je vais certainement être bien aussi à St-Lambert, dans la maison de Jacqueline.

***

Quelques semaines plus tard, je suis emménagé dans ma nouvelle maison. Je pars à pied tous les matins et je m'arrête chercher un grand café choco-caramel, et puis continue ma route jusqu'au salon.

Ce matin-là, je consulte mon cahier de rendez-vous. À la fin de l'avant-midi, j'ai une épilation de torse pour un homme. Il y a beaucoup d'hommes qui viennent se faire épiler le torse. C'est à cause de la tendance *zéro poil* qui sévit ces dernières années chez les hommes. Moi, j'aime pas ça un gars qui s'épile, mais c'est mon goût à moi.

Mon client, Marc, vient me voir pour la première fois. Lorsqu'il m'aperçoit, il semble heureux et il me dit :

-Wow! Avoir su que c'était une belle fille de même qui allait me jouer après le corps, je serais venu avant!

Et il me fait un genre de clin d'œil vraiment laid avec la bouche à moitié ouverte. Oh! Non, j'aime pas ça des clients du genre colon qui pensent qu'ils sont irrésistibles. Mais bon, c'est de l'argent, alors je me colle un sourire professionnel dans la face et je lui demande de me suivre. Je le fais entrer dans la cabine, je referme la porte derrière moi et je lui demande de retirer son chandail pendant que je prépare la cire. Il me dit :

-Parle-moi de ça une fille qui a de l'initiative. J'aime ça.

Merde! Ça va être pénible ce rendez-vous-là! Je vais me dépêcher pour que ce soit vite terminé. À ce moment, je sors le même truc que je fais tout le temps quand je veux qu'un gars me laisse tranquille. Je parle de mon fiancé. Même si j'en n'ai pas. Mais là, je me demande de quelle façon je pourrais aborder le sujet de mon fiancé. Je le fais s'étendre sur la table d'épilation, et j'attends un autre commentaire insignifiant de sa part. Je n'ai pas à attendre bien longtemps, car ledit commentaire ne tarde pas à arriver. Il me dit :

-As-tu des menottes?

Et là je lui dis :

-Non, j'ai pas de menottes, mais j'ai de la cire chaude et je suis pressée. Après votre rendez-vous, je vais rejoindre mon fiancé. Pouvez-vous s'il vous plaît m'aider à travailler correctement, je ne voudrais pas vous rater le torse.

Je commence à étaler la cire sur son torse, du côté qui est le plus près de moi, pour ne pas coller mon sarrau. Je me dis qu'il va comprendre le message et qu'il va se tenir tranquille pour le reste du rendez-vous. Je lui enlève une première bande de poil. Il tressaille et crie, mais se reprend tout de suite en disant :

-T'aimes ça me faire mal, hein? Fais-tu des petits extras à tes clients pour te faire pardonner de leur faire mal?

Là, ça suffit! J'ai assez entendu de stupidités. Cet homme n'a aucun respect pour moi et je ne veux pas d'un client comme lui. Je veux me respecter. J'ai trop pilé sur mon orgueil dans ma vie. Soudain, on dirait que je deviens folle de rage. Toutes les fois où des clients ne m'ont pas respectée du temps que j'étais accompagnatrice de soirée et que je n'ai rien dit me reviennent en mémoire. Je lance presque ma spatule dans le pot de dissolvant à cire et je lui dis, en montant le ton.

-Ça va faire le cave. Prends ton chandail pis décrisse!

Il se lève en disant sur un ton paternel:
-J'vas le dire à ton boss que t'as pas été fine avec un client.

Puis, il change de ton en voyant que je ne reviens pas vers lui:

-Hey! La folle! Tu vas pas me laisser de même, j'ai une moitié du chest pas épilée. Pis j'ai une bande là.

Il désigne la bande de coton encore collée sur son poil. Je m'approche de lui et je tire d'un coup, à main levée. Je suis en furie! Je n'ai jamais été fâchée comme ça, sauf peut-être la fois où j'ai trouvé Phil avec Stella. Et puis aussi la fois où mon client d'Ottawa a essayé de me taponner dans le taxi. En tout cas, je suis tellement fâchée que je sors de la cabine, et je lui dis, d'où les clientes qui attendent leur rendez-vous peuvent m'entendre:

-Tiens! Maintenant, décrisse. Tu peux aller te faire épiler ton autre moitié de *chest* ailleurs. Et prends surtout pas la peine de revenir. Des innocents j'en veux pas dans *mon* salon!

Mes deux clientes, qui ne savent pas du tout ce qui vient de se passer gratifient toutes les deux Marc d'un grand sourire, qui a l'air de vouloir dire *on est d'accord! On n'aime pas les innocents. Et ton chest est à moitié épilé*. C'est fou ce que c'est solidaire des filles dans certaines situations!

***

Je suis maintenant rendue une vraie citoyenne de la banlieue! Moi, Emma, la parfaite fille urbaine, je vis sur la Rive-Sud depuis quelques temps déjà et j'aime ça! Les barbecues chez Florence continuent. Et le pire, c'est que je vais encore dormir chez elle, des fois, juste parce que je suis bien, là-bas, dans une maison pleine de vie et d'enfants. P.O. est découragé, alors j'essaie de ne pas y aller trop souvent. J'invite Florence à venir chez moi aussi, mais elle n'aime pas vraiment dormir toute seule ailleurs, et laisser les enfants et son mari. Je la comprends. Je suis certaine que moi non plus, je n'aimerais pas laisser mon mari et mes enfants si j'en avais.

J'adore ma vie et quand je m'arrête à penser à tout le chemin que j'ai fait depuis une année, je suis fière de moi. Non seulement parce que je me suis prise en mains, mais aussi parce que j'aime les éléments qui composent ma vie et que j'ai travaillé pour obtenir ce que j'ai, comme Florence et Pierre-Olivier m'avaient dit de faire. Je crois qu'ils avaient raison. On a un certain pouvoir de rendre notre vie ce qu'on veut qu'elle soit. Et quand on va bien, les gens le voient et ils sont attirés par nous puisqu'on respire le bonheur! Et des fois, ils regrettent de nous avoir laissé quand on filait moins bien, parce qu'ils ne pensaient pas qu'un jour on irait bien. En tout cas, je pense que c'est ce qui est arrivé pour moi, parce qu'il y a quelques semaines, je suis allée chez Jeanne pour finir de chercher des affaires et on a décidé de sortir, comme on faisait avant. Mais cette fois, il y avait une différence: c'est moi qui invitait Jeanne et pas le contraire! Toujours est-il qu'en marchant sur la rue Mont-Royal pour trouver la place qui nous conviendrait ce soir-là, on s'est rendues tout à fait par hasard dans le bar de Phil, mon ex, celui que j'ai trouvé endormi avec sa shooter-girl. En tout cas, Jeanne m'a demandé si ça me dérangeait qu'on entre là et j'ai répondu que non, parce que c'était vrai, ça ne me dérangeait pas du tout. Je n'avais jamais reparlé à Phil depuis que j'étais sortie de chez lui presque en courant et il ne m'avait jamais rappelée non plus, alors je ne pensais plus à lui depuis longtemps. De toute façon, Phil n'était pas un gars très intéressant et il ne m'apportait rien, à part ne pas me sentir à la hauteur, alors ça ne m'a pas pris très longtemps à l'oublier...

Toujours est-il qu'on était au bar Jeanne et moi, en attendant de se faire servir, quand Phil lui-même s'approche. Il me fait un grand sourire, et même, une accolade! Avec des gros *Em, ça fait si longtemps! Que je suis content de te voir! Tu es superbe! Etc., etc.* Il me parle comme si rien ne s'était jamais passé. Pfff! C'est Phil tout craché. Toujours en contrôle de la situation, comme s'il n'était touché par rien. Il n'a pas changé d'un poil. Il me sert un martini au chocolat, comme dans le temps, sans me demander si c'est ce que je voulais et il se plante à côté de moi. Il me regarde en attendant que je lui demande comment il va. Comme je ne parle pas, il me demande des nouvelles de moi. Je viens pour répondre machinalement *pas grand-chose*, comme je réponds tout le temps quand quelqu'un me demande des nouvelles. En fait, je me dis que les gens demandent ça pour être polis et qu'ils ne veulent pas *vraiment* savoir ce qui se passe dans notre vie alors je leur épargne les détails pour ne pas les ennuyer. Toujours est-il que j'allais répondre la même chose que d'habitude quand je me dis que j'ai plein de nouvelles depuis la dernière fois qu'on s'est vus, Phil et moi. En fait, tout est nouveau! Je me mets donc à lui raconter tout ce que je fais. J'avoue que ça me fait plaisir de lui raconter tout ça et je me fais un devoir de ne rien omettre. En fait, j'exagère même un peu la réalité. Je lui parle de la maison à St-Lambert, mais je ne lui dis pas qu'elle n'est pas à moi. Je lui parle de mon salon d'esthétique qui va bien. Et ensuite, je lui souhaite une bonne soirée. Jeanne et moi, on le quitte et on part se trouver une table pour continuer la soirée toutes les deux. Phil ne revient pas nous voir, mais je vois qu'il jette souvent des regards vers nous. Il passe la soirée à se faire cruiser par plein de filles, et plus je le vois aller, plus je me demande comment j'ai pu être aussi stupide il y a plus qu'un an, de croire qu'il m'avait choisie entre toutes. Bof. C'est du passé. Jeanne et moi passons une agréable soirée et je dors chez elle, car je suis trop fatiguée pour retourner sur la Rive-Sud.

Quelques jours après, alors que je suis en train de faire payer une cliente à qui j'ai fait des ongles rouge vif, la porte du salon s'ouvre. Je lève la tête pour accueillir la personne qui vient d'arriver, persuadée qu'il s'agit d'une cliente surprise quand je tombe sur... Phil! Je ne le reconnais pas tout de suite. Il a le visage caché par un énorme bouquet de fleurs. Je suis si surprise de le voir là que je ne réagis même pas. Je suis comme interloquée. Je ne suis pas particulièrement contente de le voir, en fait. Depuis notre rencontre à son bar, j'ai eu le temps de me souvenir de quelle façon tout tourne toujours autour de lui, comment il décide de tout ce qui va se dérouler et la façon dont ça va se dérouler. Lorsqu'il veut quelque chose, il ne se préoccupe pas de savoir si les gens autour de lui sont d'accord ou si on a un besoin différent du sien. Il tient pour acquis qu'on est là pour l'aider à combler son besoin, tout de suite. Comme il est là depuis plusieurs secondes déjà et que je n'ai rien dit, il ouvre la bouche et lance :

-Allez viens. Ferme ton salon, je t'emmène dîner. Il faut qu'on parle.

Il le fait encore! Il a décidé qu'il voulait me voir maintenant, alors il est venu. Et là, c'est à moi de m'arranger pour que ça marche. Il ne pense pas que j'ai peut-être plus important à faire que de tout laisser tomber pour aller dîner avec lui! La pression commence à monter dans mes veines et je travaille fort pour trouver ce que je vais lui dire. À ce moment précis, est-ce le fruit du hasard ou le destin, mais la porte du salon s'ouvre de nouveau et Bruno entre! Merci Bouddha, Maomet ou Dieu-machin! Je me précipite sur Bruno et je lui saute au cou. Sans réfléchir, je lui dis :

-Mon amour! Tu es arrivé! Tu es juste à temps pour que je te présente Phil, un ancien ami du temps que je passais encore mes soirées dans les bars. Phil, je te présente Bruno, mon... Euh... Fiancé.

Je dis ça en tendant la main afin de lui montrer la superbe bague de chez Birks que Bruno m'a donnée pour nos fausses fiançailles. Il m'a dit ensuite que c'était un cadeau d'amitié et que ça me consolerait un peu, car il valait mieux être une fausse fiancée que pas fiancée du tout. Et ça m'a fait rire. À ce moment, Clément avait dit qu'il ne pourrait plus m'offrir une bague, puisque je n'aurais plus de doigt pour la mettre. J'étais tellement heureuse à cette époque. Maintenant aussi, je suis heureuse, même plus que dans ce temps-là. Mais il manque quelque chose pour que mon bonheur soit complet...

Toujours est-il que je paierais cher pour revoir la face que Phil a fait à ce moment. Son visage s'est décomposé en une espèce de sourire-grimace. Il a mis les fleurs sur le comptoir, et comme il cherchait quoi dire et que manifestement, les mots ne venaient pas, il a mis ses mains dans ses poches et il a quitté le salon. Il n'avait pas l'air fâché. Juste très surpris, comme s'il ne comprenait comment c'est possible que je sois fiancée. Comme s'il ne figurait pas qu'il soit possible que je puisse avoir fait ma vie sans avoir attendu qu'il daigne revenir vers moi. (Je pense qu'en psychologie, on appelle ça une personne narcissique, mais je ne connais rien en psychologie).

Lorsque Phil quitte le salon, Bruno et moi on se met à

rire. Ma cliente aux ongles rouges vifs ayant quitté, on sort du salon, pour vraiment aller dîner au Pizzédélic, tout près.

On mange notre pizza et on rit encore de notre blague, qu'on trouve assez drôle. On est certains d'avoir été très convaincants. Après tout, on a une longue expérience comme faux fiancés, Bruno et moi. Après s'être remémoré plusieurs fois la tête de Phil, je cesse de rire et je demande à Bruno en quel honneur il est venu me voir sans m'aviser, car en général, il m'envoie toujours un texto avant d'arriver pour m'assurer que je suis disponible. Il me répond d'abord qu'il est venu me sauver des griffes du grand méchant Phil et nous recommençons à nous marrer. Après un instant, lorsque nous sommes calmés de nouveau, il prend ma main, celle qui arbore la superbe bague de fausses fiançailles et il me dit:

-Je suis venu te demander quelque chose d'important. Je viens justement te demander la permission de briser nos fausses fiançailles. La bague est à toi, bien sûr, mais je viens te demander de rompre notre fausse promesse de mariage.

En disant ces mots, il se lève de sa chaise, sans lâcher ma main et s'agenouille devant moi. Et il me tend une enveloppe. Évidemment, tout le monde dans le restaurant a suivi la scène depuis le début et lorsque Bruno me tend l'enveloppe, tout le monde croit à une demande en mariage. Les clients se mettent à applaudir. J'ouvre l'enveloppe avec soin, sous les yeux des clients et des serveuses, qui ont arrêté leur travail et qui ne manquent rien de ce qui se passe. Je lis la première ligne et je ne vais pas plus loin, je saute dans les bras de Bruno! Tout le monde applaudit de nouveau! Après quelques exclamations, des larmes et des sourires, nous finissons par reprendre notre place et finir notre pizza. Comme à l'habitude, Bruno et moi échangeons un quart de notre pizza, pour goûter à celle de l'autre. Et je suis toujours contente quand la mienne est meilleure. Ça veut dire que j'ai fait un bon choix et que je n'ai pas à regretter de ne pas en avoir pris une autre.

Lorsque nous avons terminé notre repas et que nous nous levons pour quitter notre table, une dame assise près de nous attrape ma main pour contempler ma bague et elle me félicite.

Je lui réponds en désignant Bruno:
-Merci beaucoup, madame, mais c'est lui qui va se marier!

Et nous sortons rapidement du restaurant, laissant dans les yeux de la dame deux gros points d'interrogation.

Ce soir-là, assise dans ma petite cuisine confortable avec mon verre de cosmo et une assiette de fromages, je pense à Bruno, en regardant la belle invitation à son mariage qu'il m'a remise au Pizzédélic de façon si théâtrale. Je lui souhaite tout le bonheur du monde. Il sera toujours mon meilleur ami!

Le lendemain de la demande de rupture au restaurant, Bruno entre au travail. Depuis quelques jours, il s'étonne lorsqu'il sort de l'ascenseur du calme qui règne sur l'étage de GBF Immobilier. Après plusieurs semaines de fouilles dans les livres de la compagnie, les policiers et les représentants des impôts ont conclu que seul Gilbert était impliqué dans les fraudes et qu'Eva Toledo était sa seule complice. Bruno est disculpé, les charges qui auraient pu peser contre lui ont été levées et les enquêteurs ont quitté les locaux de la compagnie avec plusieurs papiers. Le calme est revenu et c'est avec soulagement que Bruno entre désormais au travail. Il passe par le bureau de Clément. Celui-ci est assis à sa table de travail, un grand café noir devant lui et il regarde le journal de la chambre des notaires. Il a les cheveux légèrement en bataille, comme à son habitude et a revêtu un pull de laine vert à col rond qui laissait paraître le col de sa chemise bleue. Bruno entre dans le bureau et prend place sur la chaise face à Clément. Il lui remet une enveloppe.

-Clément, j'ai l'honneur de t'inviter à mon mariage. Jamel me l'a proposé.
-Félicitation à vous deux! Je suis sincèrement très heureux pour vous.

-Ce n'est pas tout. Avant de dire oui à Jamel, je suis allé demander à Emma la permission de rompre nos fausses fiançailles officiellement. Elle a dit oui avec plaisir, évidemment, et maintenant, elle est libre, complètement. Je ne veux pas te dire quoi faire, mais je sais que tu l'aimes et elle va bien. Elle a beaucoup mûri en une année. Elle est devenue responsable et je crois qu'elle a compris plein de choses sur la sincérité et les conséquences de nos actes. Et surtout, elle pense beaucoup à toi. Je ne mets pas de pression, mais il fallait que je te dise ça, en tant qu'ami d'Emma, mais en tant que ton ami à toi aussi.

Bruno se lève et ressort du bureau de Clément sans plus de mot. Il se rend à son bureau et c'est avec légèreté qu'il se laisse tomber sur son fauteuil en cuir. La vie est belle ce matin et ce serait si agréable que tout le monde soit aussi heureux que lui!

***

Partie IX

L'hiver est bel et bien arrivé. Il fait froid dehors et la neige est tombée toute la journée. J'ai eu un peu de mal à retourner chez moi à pied lorsque j'ai quitté le salon, car je n'avais pas enfilé de bottes ce matin. Sitôt la porte du jumelé refermée derrière moi, je contemple ma maison avec tendresse. Je sens la chaleur de cette demeure m'envelopper. Je monte l'escalier et je me rends à ma chambre où je me déshabille. Je laisse tous mes vêtements tomber sur le plancher et j'enfile un pyjama en flanelle et des gros bas de laine. Je prends mon portable et je compose le numéro du restaurant chinois que j'ai en mémoire, étant donné que j'y ai souvent recours, moi qui déteste cuisiner. Je commande toujours plusieurs plats différents. Tout en donnant mes choix de mets à la réceptionniste, je redescends au salon ou je mets une bûche dans le foyer et j'allume un feu. Je vais ensuite m'installer dans mon bureau. Je m'assois dans la grosse chaise en cuir devant l'ordinateur et je regarde par la grande fenêtre carrelée, la neige qui tombe. J'adore le sentiment d'être au chaud dans mon intérieur douillet alors que dehors il fait si froid. Tout en remerciant je ne sais pas qui pour la belle vie que j'ai, j'ouvre mes courriels. Ma mère m'a écrit. Des amis Facebook m'invitent à un souper. Bruno m'a donné des nouvelles quelques fois durant la journée. Florence m'a envoyé une photo de Charlotte avec des guirlandes partout sur elle alors que la famille est en train d'installer le sapin de Noël dans la maison. Jeanne, qui me dit que les tuyaux de l'appart sont encore gelés et qu'elle n'a pas pu se servir de l'eau depuis la veille. Et quelle n'est pas ma surprise lorsque je vois un courriel de la part de Julien, le joueur de hockey que j'aurais pu épouser. Ça fait longtemps que je n'ai pas eu de ses nouvelles et sérieusement, je n'aurais pas pensé qu'il m'en donnerait. En fait, je ne pensais vraiment plus à lui depuis que je l'avais quitté ce fameux soir, au resto, après sa demande étonnante.

Emma, j'espère que tu vas bien. Moi j'adore ma vie ici. Et toi? Es-tu toujours célibataire? Moi oui, je t'attends :-) si tu es partante, ce serait le bon moment pour venir passer une fin de semaine avec moi, à New York. Dans deux semaines, ça te conviendrait? Ils sont en train d'installer le gros sapin Noël de au Rockefeller Center, il faut que tu le voies! Dis-moi si les dates te conviennent et je t'envoie un billet d'avion.

PS. T'inquiète, je ne vais pas t'harceler. Tu es précieuse pour moi et je suis certain qu'on va avoir une superbe fin de semaine! En amis

Julien xx

Son mot est très sympathique. New York! C'est tentant! Je n'y suis jamais allée! Je pourrais magasiner un peu, je pourrais voir Time Square! J'ai vraiment le goût de dire oui. La sonnette de la porte d'entrée retentit et je me lève pour aller ouvrir et ramasser mon repas. Je paye le livreur en lui donnant un pourboire très satisfaisant. Depuis que je travaille à pourboire, je sais à quel point c'est agréable lorsqu'on gagne un salaire pas trop élevé, de pouvoir l'augmenter un peu grâce à la générosité des clients. Et puis, ce livreur est tellement sympathique et courtois et il vient souvent chez nous. En plus, il fait froid alors il mérite d'être récompensé pour travailler dans des conditions aussi extrêmes! Je ramène le paquet qu'il m'a remis sur la table de cuisine et j'ouvre toutes les petites boîtes. J'ai commandé cinq mets différents avec des accompagnements. Il y en a pour quatre personnes. Mon plaisir, c'est de manger une bouchée de chacun des mets, en alternance. Et quand je n'ai plus faim, je mélange ce qui reste et je le mange le lendemain. Mais honnêtement, c'est rare qu'il en reste. C'est tellement bon, du chinois!

Armée de mes baguettes, je pige un peu de nourriture dans la première boîte. Une fois que j'ai la bouche bien pleine, je prends deux minutes, le temps de mastiquer, pour appeler Bruno. Il répond à la première sonnerie et sans m'informer de comment il va (de toute façon, il m'écrit à chaque fois qu'il a un changement d'état d'âme alors je sais toujours en temps réel comment il va), je lui parle du courriel que je viens de recevoir et de mon dilemme. Est-ce que je vais à New York, pour une fin de semaine, payée par Julien même si je sais que je ne veux pas être avec lui ou je décline l'invitation pour des motifs moraux et je reste dans la neige? Pour Bruno, c'est très clair :

-Vas-y! Ça ne t'oblige à rien! Il passera une belle fin de semaine aussi et ça lui fera plaisir de te voir. C'est un service que tu lui rends! Il doit s'ennuyer à New York!

Derrière, j'entends Jamel qui me crie d'y aller aussi et de m'éclater! Qu'il ne faut pas je rate une occasion de m'amuser et de voyager. Je ris. Ceux-là ne sont pas toujours de bon conseil quand ils sont ensemble! Je n'ai pas le temps de parler davantage, ma bouchée est presque terminée et je dois continuer de manger mon chinois. Je délaisse mon téléphone pour aller écrire à Julien que j'accepte sa proposition. J'irai le rejoindre dans deux semaines. Moi Emma! Je vais à New York!

***

Deux semaines plus tard, je suis dans le taxi qui me mène à l'aéroport. Je suis allée à Cuba l'hiver dernier, alors je suis une pro des aéroports et des avions. Je n'ai qu'un bagage à main étant donné que je ne pars que pour deux journées. J'ai tellement hâte de voir enfin New York!

Le taxi me dépose à la porte des départs pour les États-Unis. Je passe la porte-tourniquet et je me rends au comptoir de ma compagnie aérienne. Il n'y a pas beaucoup de monde, ça va vite et j'obtiens ma carte d'embarquement en quelques minutes. C'est facile! Bien que j'aie encore du temps devant moi, je décide de passer les portes de sécurité tout de suite. Je pourrai aller grignoter ou magasiner des parfums en toute tranquillité en attendant mon vol. Je me mets donc en file pour passer la sécurité et j'attends mon tour. Lorsque l'agent des douanes me l'indique, je pose mon sac dans le bac qu'il me présente et il part dans le tapis roulant pour être scanné. Je suis confiante, cette fois, je n'ai rien à me reprocher alors je ne vois pas pourquoi ça irait mal! Je passe dans le genre de cadre de porte qui détecte le métal et je me mets à sonner. Merde! J'ai oublié d'enlever ma fausse bague de fiançailles. Je l'enlève donc et je la mets dans un autre bac que l'agent me tend. Il pointe aussi mes chaussures et ma ceinture. Je me mets donc à me semi-déshabiller devant tout le monde, et je commence à me sentir un peu nerveuse en voyant la file de personnes qui attend après moi. Je passe de nouveau dans le cadre de porte et... je ne sonne pas! Voilà, c'était tout simple. Je reprends le bac qui contient ma ceinture, mes souliers et ma bague et j'entreprends de me rhabiller. Avant de m'éloigner un peu pour laisser les autres passagers passer, je vais récupérer mon sac. C'est alors que je m'aperçois qu'il est encore dans le tapis roulant. Et qu'il y a deux agents qui sont en train d'observer la photo de son contenu en ayant l'air de s'interroger. Oh! Non! Je le savais! Quelqu'un, sûrement un terroriste, a mis de la drogue dans mon sac sans que je m'en rende compte. Peut-être pendant que j'attendais en ligne à la tabagie pour payer mon numéro du Vogue! À New York, il va me bousculer et me voler mon sac pour récupérer sa drogue! Merde!

Un des agents me fait signe d'approcher et me demande :

-Madame, avez-vous un briquet dans votre sac?
-Non, je ne fume pas.
-Vous avez déclaré en vous enregistrant que vous n'aviez pas de feu avec vous.
-C'est exact.

Il me fait signe d'approcher et il me montre la photo du squelette de mon sac. Je peux reconnaître plusieurs objets, dont ma brosse à dents, des vêtements, un livre et un petit objet qui a effectivement la forme d'un briquet. Je ne vois pas du tout ce que c'est. L'agent sort alors mon sac du tapis et entreprend de le vider pour trouver l'objet en question. Il sort tout ce qu'il y a à l'intérieur et pose les objets à côté de mon sac, sur le comptoir de fouille. Tout y passe, mes sous-vêtements y compris (un peu gênant, quand même. Au moins, j'en ai choisi des beaux), mais il n'arrive pas à trouver le supposé briquet. Il retourne mon sac à l'envers et le secoue. Rien ne tombe. Il se met à tâter mon sac vide avec empressement. Il détecte soudain l'objet tant recherché et il ouvre les poches pour le retirer de sa cachette. Mais il semble être pris entre les couches de tissus du sac. Je suis maintenant très nerveuse, puisque je ne sais absolument pas ce que fait ce briquet dans mes coutures de sac, pas plus que je ne comprends pourquoi il s'acharne autant sur un si petit objet. Je ne suis pas criminelle et à cause de ça, toute la file est arrêtée. Les gens me regardent et je me sens très gênée. Sans parler de mes bagages qui sont répandus en un gros tas pêle-mêle sur la table. Les agents sont maintenant deux à s'acharner sur mon sac. Comme ils ne peuvent retirer le briquet par les poches, l'un d'eux tend à l'autre un long couteau pointu. Il ne va quand même pas couper mon sac? Je n'ai rien d'autre pour transporter mes choses! Je me mets à m'énerver, je crois que je vais pleurer, quand un autre douanier, je crois que c'est le patron parce qu'il a plus de barres que les autres sur son épaulette, leur demande d'attendre. Il prend mon sac et se remet à essayer d'ouvrir chacune des poches avec calme. Il ressort l'objet interdit, qui se révèle être un vaporisateur d'haleine. Il me montre le vaporisateur et me dit avant de s'en aller :

-Cet objet est illégal, madame, ça peut être dangereux. Aucun vaporisateur n'est autorisé à bord de l'avion.

L'agent qui voulait couper mon sac a encore le couteau dans les mains. Il me dit de prendre mes affaires en poussant vers moi mon tas de bagages et il se tourne sans aucun autre regard pour moi. Il recommence à sortir les sacs des autres passagers du tapis roulant. Je suis donc en train de fourrer toutes mes affaires n'importe comment dans mon sac, avec ma ceinture dans une main et mes souliers dans l'autre. Merde! Ça commence mal mes vacances!

Heureusement, l'incident des douanes n'est pas représentatif de mon voyage. J'ai voyagé en première classe et j'avais du champagne et de la nourriture à volonté durant toute la durée du vol. Arrivée à New York, Julien est là pour m'accueillir. Je suis contente de le voir enfin! On s'embrasse et il m'amène jusqu'à sa voiture. Il me fait monter, de façon aussi galante que quand on sortait ensemble à Montréal. Il nous conduit jusqu'à son appartement, qui est situé dans l'Upper East Side, tout près de la cinquième avenue et de Central Park. C'est comme dans les films. L'appartement de Julien est en fait un penthouse dans un grand immeuble avec un porche et un portier qui le salue quand il entre et quand il sort. L'ascenseur nous amène directement dans le penthouse. On n'a même pas besoin d'ouvrir une porte! L'appartement de Julien est très grand et spectaculaire. C'est un grand loft qui a été rénové. C'est très moderne, mais il y a encore le cachet ancien de l'appartement original, qui devait ressembler à celui dans Rosemary's Baby. C'est un mélange de vieux et de neuf. Et la vue est superbe. On voit Central Park de son salon tout vitré. C'est magique!

En entrant dans le super penthouse, je pose mon sac et je demande à Julien où on va. Je viens d'arriver, mais je veux profiter de ma fin de semaine au maximum. Je veux tout voir. Nous sortons donc de l'immeuble et nous nous dirigeons vers la cinquième avenue, afin d'admirer les boutiques de haute couture.

Nous marchons toute la journée. Julien me fait prendre le métro. Nous allons voir Time Square, et Broadway. Nous marchons jusqu'à Washington square et nous visitons Chelsea où je fais un peu de magasinage. Nous arrêtons manger un succulent sandwich dans le quartier italien, avec plein de prosciutto et de tomates séchées au soleil. Nous marchons encore pour aller voir le quartier chinois, mais nous n'y restons que quelques minutes, puisque je me sens rapidement agressée par tous ces vendeurs d'objets contrefaits qui sont très insistants. Nous allons jusqu'à Wall Street pour voir le parquet de la bourse. À la fin de l'après-midi, nous reprenons le métro pour aller chez Julien, nous préparer pour le souper.

Pour le soir de mon arrivée, Julien a voulu me faire une surprise. Sachant que je suis fan de ses émissions *Kitchen Nightmare* au Food Network, il a réservé une table au restaurant de Gordon Ramsay, à l'hôtel London. Nous prenons une voiture pour nous y conduire. Julien a demandé au chauffeur de nous faire faire un tour de ville avant de se rendre au resto. Nous sommes dans la limousine en train de boire un apéro (un cosmo pour moi, on est à New York, quand même!) et on jase de nos vies. Julien me raconte comment il aime la ville et comment va l'équipe de hockey dans laquelle il joue. Il s'informe de moi et je lui parle de mon salon d'esthétique, de ma maison louée et de mes amis. Il me demande des nouvelles de Bruno, qu'il a rencontré quelques fois. Je lui parle de Jamel, et de comment Bruno est devenu président de la compagnie de son père. Je lui raconte brièvement ce qui s'est passé pour Gilbert et il ne revient pas de cette histoire. Il se met à rire en me disant que ma vie est tout sauf tranquille! Il a raison je crois, mais ce n'est pas aussi divertissant quand on est dedans que quand on la voit de l'extérieur, j'imagine!

Le lendemain matin, Julien a une pratique de hockey très tôt. Il m'amène avec lui au Madison square Garden où je peux le regarder sur la glace. Je ne connais rien au hockey, mais je sais que je suis chanceuse d'être là et de voir tous ces gars en train de patiner et de lancer des rondelles! Je m'assois et je savoure le moment. En fait, j'essaie. Je meurs d'envie d'ouvrir le Vogue que j'ai acheté la veille à l'aéroport. Je ne veux pas insulter Julien en lisant au lieu de le regarder, mais sincèrement, les tendances printemps m'intéressent tellement plus que la pratique des Rangers! Heureusement, celle-ci achève enfin et très vite Julien vient me voir :

-Je suis vraiment désolée, Emma. L'entraîneur vient

de décider qu'il y aura un meeting spécial tout de suite. Je ne sais pas à quelle heure il va terminer, mais si ça ne te dérange pas trop de te promener toute seule, tu pourrais aller magasiner, peut-être? Tu peux aussi aller à l'appartement, le portier va te laisser entrer. Je t'envoie un texto quand je sors et je verrai où tu seras...

Si ça me dérange d'aller magasiner seule à New York? Tu parles d'une question à poser à une fille! Je suis trop heureuse de pouvoir partir et j'en profite pour visiter Macy's, Bloomingdale et Barney's. Ensuite, j'entreprends d'aller fouiner du côté des grandes marques. On a un peu fait le tour hier avec Julien, mais on ne s'est pas vraiment attardés. Je ne voulais pas l'ennuyer avec des affaires de filles. Là, je peux prendre mon temps. Avant, quand j'étais accompagnatrice de soirée, j'aurais peut-être pu me permettre une petite babiole dans quelques-uns de ces magasins de luxe, mais aujourd'hui, avec mon salaire d'esthéticienne, je ne vais rien acheter, mais ça ne fait pas de mal de regarder!

Je m'arrête devant la boutique Chanel. Je ne peux pas croire que je suis ici! J'aimerais entrer, mais je suis gênée. Mon syndrome de la fausse riche est revenu. Je suis certaine que je ne serais pas la bienvenue et que les vendeuses ne me laisseraient pas entrer. D'ailleurs, il y a des gardiens à la porte avec des oreillettes et tout. Ça a l'air sérieux. Je m'approche de la fenêtre et je jette un coup d'œil à l'intérieur de la boutique. Je remarque des vêtements, des sacs à mains, un comptoir parfums. Je m'attarde un peu sur les clients qui sont dans le magasin. Des femmes, pour la plupart. Sûrement qu'elles sont mariées avec des hommes riches. À la caisse se trouve une très belle femme. Elle est habillée avec classe. Elle paye quelque chose et se retourne, de sorte que j'aperçois son visage. Mais... C'est Eva Toledo, l'assistante de Gilbert Boivin! La voilà à New York! Elle approche de la porte. Je me retourne pour ne pas qu'elle me voie et j'attends qu'elle sorte. Je laisse quelques personnes passer derrière elle et je marche dans la même direction. Tout en la suivant de loin, je sors mon portable de mon sac nerveusement et j'appelle Bruno :

-Bruno Boivin.
-C'est Emma! J'ai retrouvé Eva. Elle est à New York. Je suis en train de la suivre.
-T'es sérieuse? Essaie de ne pas la perdre de vue et de savoir ou elle est pour les prochaines heures. J'appelle l'agent Morin, il m'avait laissé sa carte de visite. Tiens-moi au courant.

Moi, Emma, je poursuis une criminelle! Je la suis. Elle marche, elle prend son temps. Parfois, elle s'arrête pour regarder des vitrines et elle poursuit son chemin. Durant ma poursuite, qui prend plutôt des airs de promenade, étant donné qu'Eva ne va pas vite, Julien m'envoie un message texte pour savoir où je suis. Je lui envoie les coins de rue où je me trouve et je lui dis que j'ai trouvé Eva. Il me répond :

-Je me dirige vers toi

Je continue de suivre Eva pendant un bon bout de temps jusqu'à ce qu'elle tourne à un coin de rue. Je la suis toujours. Elle entre dans un immeuble superbe. J'entre aussi! C'est extraordinaire! Tout est orné d'or. Le plafond est peint, comme la chapelle célèbre en Italie, qui a été peinte par un peintre célèbre il y a longtemps. Elle a un nom de chiffre en anglais. Je ne sais plus ce que c'est. Et il y a une foule de monde. Assez que durant un instant, je crois avoir perdue Eva. Mais je l'aperçois de nouveau et je la rattrape. On dirait qu'on est dans une gare. Oui, c'est sûrement une gare, parce que je vois des départs et des arrivées affichés à un tableau digital. Eva descend les escaliers et se rend dans un restaurant. C'est un bar... À huîtres? Ouah, moi les huîtres, je ne suis pas capable d'en manger. C'est tout gluant et ça bouge dans ma bouche. On dirait qu'elles sont encore vivantes! Je trouve ça dégueu, mais j'ai pas le choix d'entrer. Eva est attendue à ce bar, car elle se dirige vers une table où un homme est assis. Il se lève lorsqu'elle arrive et la serre dans ses bras. Elle s'assoit et l'homme lui sert à boire de la bouteille qui était déjà sur sa table. Je demande à l'hôte une place au bar, où je ne serai pas obligée de manger, d'où je vais bien voir Eva et son ami, et d'où je pourrai partir rapidement.

Je suis installée avec un verre de vin blanc (je ne sais pas ce que c'est, je ne connais rien au vin, j'ai juste demandé du vin blanc) et j'observe discrètement la fugitive depuis un bon moment lorsque Julien m'envoie un message pour savoir où je suis. Comme je n'ai aucune idée d'où je suis, je l'appelle pour lui parler de vive voix. Ce sera plus facile, certainement.

— Julien! Je suis entrée dans un genre de gare tout en or et au sous-sol, il y a un restaurant d'huitres. Est-ce que tu vois de quoi je parle?

-Un genre de gare, tu dis? Tu es à Grand Central Station! Ah! Ah! Elle est bien bonne! Tu es au Oyster bar. Ne bouge pas, je suis tout près, j'arrive tout de suite.

Tout près est un euphémisme (je ne sais pas trop ce que veux dire euphémisme, mais je trouve que ça fait classe dans une phrase et je pense que ça marche dans ce contexte) parce que Julien vient me rejoindre au bar environ cinq minutes plus tard. Il s'assoit et vient pour commander un verre à son tour lorsqu'Eva se lève. Elle parle encore un peu avec son compagnon de table, lui serre la main et lui tourne le dos. Julien et moi attendons qu'elle soit sortie et allons à sa suite. Nous remontons l'escalier et prenons une sortie qui mène à l'extérieur. Nous sommes sur Park Avenue. Comme dans le film de Woody Allen! On continue de marcher et comme Julien est là pour surveiller Eva avec moi, je prends un peu de temps pour regarder autour. Eva termine son escapade devant un hôtel. Le Waldorf-Astoria. C'est le plus bel hôtel et le plus chic, plus que tous les hôtels chics où je suis allée du temps que j'accompagnais des clients. On entre dans l'hôtel et je suis aveuglée par tant de beauté! Mes yeux ne voient plus! Je resterais à contempler ces richesses tout le long de ma vie, il me semble, mais Julien est là pour me ramener à la réalité. Je n'ai rien vu de tout ça, mais Eva est allée au comptoir d'accueil de l'hôtel, elle a brièvement parlé avec le préposé et elle a pris la direction du bar où elle prend place. Nous la suivons, mais Julien me dit de rester à l'extérieur du bar pour ne pas que je sois découverte. Il entre dans la pièce et se dirige vers Eva. Je me demande ce qu'il va lui dire! Je me tiens un peu à l'écart de la pièce, mais j'essaie d'observer de loin. Il ne faudrait surtout pas qu'Eva m'aperçoive lorsqu'elle sortira. J'attends, j'attends et je suis nerveuse.

Il faut environ vingt minutes pour que Julien ressorte et m'entraîne vers la sortie de l'hôtel. En chemin, il me raconte la conversation qu'il a eue avec Eva. Il dit s'être présenté à elle et lui avoir dit qu'il était entré dans l'hôtel au même moment qu'elle et qu'il l'avait trouvé superbe. Il l'avait suivi pour l'inviter à prendre un verre. Comme Eva est effectivement très belle et qu'elle le sait, il n'en a pas fallu pas davantage pour qu'elle invite Julien à prendre place à ses côtés. Elle lui a demandé ce qu'il faisait là, il lui a dit qu'il jouait au hockey et qu'il habitait temporairement à l'hôtel parce que son appartement était en rénovation. Il lui a demandé la même chose, elle lui a répondu qu'elle était en vacances pour quelques jours et qu'elle était venue voir des parents qui habitent la ville. Julien a réussi à savoir qu'elle logeait au Waldorf pour encore quelques nuits et qu'elle voyageait sous le nom d'Isabella Vasquez. Julien lui a donné rendez-vous pour dîner demain soir. Ils vont se rencontrer au même bar vers 17 h 30 et prendront un verre avant d'aller souper, vers 20 h.

Julien me raconte tout ça en marchant vers le métro. Il

n'est pas peu fier de lui et il a de quoi l'être! Je suis très fière moi aussi et je sais que Bruno va le remercier! J'envoie un texto à Bruno avant de descendre dans la bouche de métro pour lui transmettre les dernières informations que nous avons obtenues. Il me répond qu'il prendra l'avion demain matin très tôt avec l'agent Morin. Il me contactera une fois qu'ils seront rendus à New York. Maintenant, il va falloir attendre à demain soir. Et il va me tarder jusque-là!

***

Le dimanche matin à New York, c'est un moment pour bruncher. Pour prendre le temps. Julien et moi, nous nous rendons dans une petite boulangerie qui sert des scones. Nous nous attablons avec un grand café (chocolat pour moi, parce qu'ils n'ont pas de caramel, mais je suis tellement nerveuse que c'est bien qu'ils n'en aient pas finalement, parce que je ne tiens déjà pas en place). On est assis l'un en face de l'autre et on essaie très fort de profiter de notre dimanche matin, mais on est tous les deux sur les nerfs. On mange un peu, mais moi, quand je suis stressée, je ne suis pas capable de manger. Soudain, Julien se lève d'un coup et il dit :

-Je sais exactement de quoi on a besoin ce matin!

Et il m'entraîne vers la sortie de la boulangerie. Nous sommes à quelques immeubles du sien alors nous marchons rapidement pour retourner chez lui. Je le suis de peine et de misère. Il est pas mal plus grand que moi. Et pas mal plus entrainé aussi! En arrivant dans son appartement, il se dirige vers sa chambre et me lance :

-Allez, déshabille-toi, Emma!

Quoi? Il veut que je me déshabille? C'est ça, sa façon de faire baisser notre stress?

Je me demande si je devrais être insultée ou flattée par son idée, et même, je suis en train de considérer la possibilité d'accepter sa proposition, lorsque Julien ressort de sa chambre. Tout habillé... Pour aller courir! Merde! C'était ça, son idée! Finalement, je crois que j'aurais aimé mieux l'autre plan! Il me regarde et me dit:

-Ben, allez! Dépêche!

Et il me lance un chandail et un pantalon de jogging (grandeur 4Xlarge pour moi, parce qu'ils sont à lui). Je vais à contrecœur dans la salle de bain pour me changer et je ressors après quelques minutes. Julien m'a rempli une bouteille d'eau et aussitôt, nous reprenons l'ascenseur pour aller courir à Central Park. Je suis maussade. Je déteste courir. En fait, je déteste tous les exercices. Le sport, c'est plate. Premièrement, on a chaud. On est tout dégueu après. Et en plus, c'est difficile. Je ne vois pas pourquoi on se donne de la misère dans la vie, déjà qu'elle n'est pas si facile en soi, sans qu'on ait à la rendre encore plus pénible. En tout cas, Julien est content de son idée et j'ai hâte que la journée passe, alors je ne dis rien et je le suis.

Nous courons depuis quelques minutes seulement et déjà, j'ai l'impression que je vais mourir. Je ne peux plus respirer et je suis Julien de loin et très péniblement. Pourtant, je suis certaine qu'il trouve ça plate parce qu'il ne va pas vite, pour que je puisse le suivre. Je ne dis rien, j'essaie de respirer et je continue. À un moment donné, ça sera fini... Avant que je tombe raide par terre et que je meure. Enfin, j'espère.

Nous courons depuis environ deux heures (euh... vingt minutes) quand Julien me dit que j'ai l'air d'avoir assez travaillé pour aujourd'hui. Nous reprenons la route de son appartement (en marchant, Dieu merci) pour prendre une douche et déjeuner. Pendant que je prends mon temps dans la salle de bain ultra hot de Julien et que je me prélasse dans la douche grande comme ma salle de bain à St-Lambert, sous les jets masso-truc vraiment technologiques, Julien prépare des assiettes déjeuner composées de fruits, de pâtés, de fromages et un café choco-caramel pour moi. Il me connaît bien, Julien! Nous nous délectons tranquillement en lisant le New York Times et en essayant de prendre notre temps. Mais c'est difficile. Nous sommes stressés. J'ai très hâte que Bruno arrive à New York et j'ai vraiment peur qu'on manque Eva. J'ai peur qu'elle soit encore une fois plus vite que nous et qu'elle se sauve avant son rendez-vous avec Julien.

Je suis en train de penser à ça, lorsque mon téléphone sonne, m'indiquant que j'ai un message texte. C'est Bruno. Il indique qu'il vient d'arriver à Newark avec l'enquêteur Morin et qu'ils viennent nous rejoindre afin d'organiser notre *prise* du soir. Je lui envoie l'adresse de Julien et en attendant qu'ils soient là, je me plonge enfin dans la lecture du Vogue.

Je suis très heureuse de voir enfin Bruno et aussi l'agent Morin, l'enquêteur de la GRC qui est chargé de l'enquête sur Gilbert Boivin. Je me sens soulagée et j'ai soudain l'impression que tout ne repose plus sur mes épaules. Nous nous assoyons tous autour de la table de cuisine et l'agent Morin sort des documents de sa valise. Il nous montre des photos de plusieurs femmes d'origine latine qui sont dans les dossiers de la police, afin que Julien et moi nous puissions identifier la personne que nous avons suivie. Eva figure bien dans les dossiers, mais sous un autre nom. Elle semble avoir tant de trucs dans son sac! C'est vraiment une pro!

Ensuite, l'agent Morin nous fait signer des papiers, à moi et à Julien. Des trucs de témoin ou quelque chose comme ça. Il nous explique, mais je ne suis pas trop, j'ai un peu de difficulté à me concentrer. Ensuite, il va dans la chambre de Julien où il branche son ordinateur portable et fait plusieurs téléphones, en français et en anglais, la porte fermée. Durant ce temps, Bruno, Julien et moi, on jase de tout et de rien, pour faire passer le temps. Lorsque l'agent Morin ressort de la chambre, environ une heure plus tard, il a arrangé l'arrestation d'Eva avec le FBI et la police de New York. Il explique à Julien comment ils vont procéder. C'est très simple. Julien va appeler au Waldorf-Astoria pour donner rendez-vous à Eva à sa chambre à lui (une chambre que la police va réquisitionner pour l'opération) pour un apéritif, plutôt qu'au bar, comme ils avaient convenu la veille. Julien l'attendra à la chambre et Bruno sera là également. La police sera dans la chambre d'à côté d'où les agents écouteront et enregistreront la conversation. Lorsqu'ils auront l'information dont ils ont besoin pour compléter le dossier de preuves, ils entreront dans la chambre ou ils arrêteront Eva. Enfin, Isabella. Où qui qu'elle soit. L'agent Morin donne à Julien le numéro de chambre où ils se rencontreront et Julien appelle à l'hôtel afin de laisser le message au préposé d'accueil. Le policier doit partir régler plusieurs choses pour l'arrestation et il nous donne congé pour l'après-midi à condition de le rencontrer à 16h30 pile à la chambre qui servira de poste de commandement à la mission. C'est très excitant tout ça. Il nous dit que nous pouvons quitter l'appartement, mais il ne faut évidemment pas tomber sur Eva-Isabella d'ici ce soir.

Cet après-midi-là, nous visitons Ellis Island. C'est vraiment intéressant. Avec l'audio guide, on revit le trajet d'un immigrant qui arrivait à Ellis Island et on passe tous les contrôles de sécurité et de santé comme si on arrivait à l'île pour immigrer en Amérique. On nous met dans l'action. Ça ne devait pas être drôle d'arriver avec sa valise, après plusieurs semaines de bateau dans des mauvaises conditions, avec ses enfants et son mari et se faire dire qu'un des membres de la famille ne pouvait pas rester aux États-Unis et qu'il devait retourner en Europe. Après la visite, nous arrêtons un peu à la statue de la Liberté, et on retourne à Battery Park, en bateau. On se promène le long des quais et on s'arrête un instant pour regarder le spectacle en plein air d'un groupe de jeunes qui font à tour de rôle du break-dancing. Ils sont très bons. On ne voit pas l'heure passer et on doit bientôt prendre le métro pour se rendre au Waldorf.

Bruno et moi on a apporté un chapeau et une écharpe pour se couvrir le visage le plus possible lorsque nous pénétrons dans l'hôtel. Nous devons emprunter les escaliers pour accéder à la chambre que nous a indiquée l'agent Morin, afin de réduire les risques que nous tombions sur Eva dans l'ascenseur. Un autre calvaire pour moi, qui aime les escaliers autant que la course dans Central Park un matin d'hiver. Bruno va vraiment vite, il a hâte qu'Eva soit arrêtée, il ne m'attend pas. Je peste un peu en silence, mais très vite, j'arrive à la chambre et je peux me libérer de mon foulard.

La chambre est organisée de façon très impressionnante! Il y a plusieurs ordinateurs portables, des téléphones, des fax et des caméras d'où on peut voir dans la chambre à côté. Plusieurs hommes en complet sont en train de parler au téléphone, certains en français, d'autres en anglais. Je décèle même des Européens. Il y a aussi des hommes qui parlent portugais, sûrement des Brésiliens, étant donné qu'Eva est une ressortissante brésilienne. Elle est recherchée internationalement, car outre le vol de l'argent de Gilbert et celui de Domenico, il paraît qu'elle fait la même chose à plein d'hommes dans plein de pays depuis plusieurs années! Elle a dû amasser plusieurs millions de dollars!

Quinze minutes avant le rendez-vous entre Julien et Eva, les policiers envoient Julien à sa fausse chambre, au cas où elle arriverait plus tôt que prévu. Julien passe par l'extérieur, comme s'il était un client régulier de l'hôtel, tandis que Bruno doit passer par les portes communicantes entre les deux chambres. Ils ne doivent pas parler, puisqu'Eva ne doit pas entendre la voix de Bruno et les policiers doivent faire des tests d'écoute en attendant qu'elle arrive pour être certains de bien capter ce qu'elle dira. Moi, je suis dans la chambre-poste de commandement. Je suis laissée à moi-même, mais j'aime ça. Je suis privilégiée de voir tout ça et, en plus, Eva va être arrêtée grâce à moi! Moi, Emma! Je suis une justicière!

17h30. Pile. Eva-Isabella cogne à la porte de la chambre de Julien. Celui-ci vient ouvrir. Dès qu'elle entre dans la chambre, deux policiers d'une carrure tout à fait impressionnante sortent du PC pour aller se poster dans le corridor, devant la chambre de Julien. Si jamais Eva décide de ressortir, ils l'arrêteront tout de suite. À partir de ce moment, elle est coincée. Julien jase un peu avec Eva et très vite, il lui annonce qu'il a de la visite avec lui et qu'il aimerait lui présenter son ami Bruno. C'est à ce moment que Bruno sort du salon, où il attendait patiemment. C'est dommage que je ne sois pas dans la pièce avec eux, car je suis certaine que ce j'ai vu sur la caméra ne rend pas justice à l'expression qui s'est lue sur le visage d'Eva lorsqu'elle a reconnu Bruno. Un mélange de surprise, d'horreur et de mépris. Je ne comprends pas tout de la conversation qui se déroule entre eux ensuite, car ils parlent en termes financiers. Bruno lui demande comment elle a réussi à rouler son père, et elle lui donne les explications, l'air de trouver que Bruno est stupide de ne pas avoir compris. En fait, elle ne sait pas qu'elle est sous écoute. Je porte attention à ce qu'ils se disent, mais c'est trop compliqué pour moi. Mais je sais que les policiers semblent satisfaits des informations qu'Eva donne, parce que quand elle parle, ils se font des signes d'approbation et ils hochent la tête. Je crois qu'elle est en train de creuser sa tombe. À un moment, les policiers trouvent qu'ils ont eu suffisamment d'information, car l'agent Morin, un agent du FBI et un policier en uniforme du service de police de New York se dirigent vers la porte communicante pour passer à l'autre chambre. Lorsqu'elle voit les policiers arriver et qu'elle comprend qu'elle vient de leur donner une mine d'informations contre elle, elle se met à pleurer. Elle ne supplie pas, elle ne crie pas non plus. Elle fait juste pleurer en silence. Les larmes roulent sur ses joues, mais elle ne dit rien. L'agent en uniforme lui lit ses droits en anglais, l'agent Morin lui parle en français et ensuite, le policier qui parle portugais s'adresse aussi à elle, mais je ne comprends pas ce qu'il lui dit. Le policier de NYPD lui passe les menottes et elle sort de la chambre, escortée de plusieurs policiers. Ensuite, l'agent Morin demande à Julien et à Bruno de revenir dans la chambre-PC et il leur fait signer d'autres papiers. Nous restons longtemps dans la chambre, car les procédures sont longues. Il y a plein de paperasse à faire. À la fin de tout ça, il est presque 21h00 et nous avons faim. Nous sortons de la chambre, Julien, Bruno et moi pour nous diriger hors de l'hôtel et aller manger. J'ai manqué mon vol de retour pour Montréal, et Bruno s'en retourne demain. Comme on est New York, et qu'il faut faire comme les New Yorkais, on va chercher plein de plats du restaurant chinois le plus proche et on ramène tout ça chez Julien pour les savourer en pyjama devant la télévision.

Lundi matin, Julien est debout à l'heure des poules, car il a une pratique de hockey. Encore. Je ne comprends pas comment il fait pour jouer toujours au même sport et ne pas être tanné. Je me suis trouvé un billet de retour sur le même vol que Bruno. Nous sommes en train de boucler notre sac lorsque Julien vient nous dire au revoir. Il me dit qu'il a passé un excellent week-end en ma compagnie et je lui dis la même chose très sincèrement. Il me demande si je suis certaine de ne pas vouloir venir le rejoindre à New York, comme il me l'a proposé l'an dernier.

-Ma proposition tient toujours. Si tu veux, on pourrait se marier au Waldorf!
-Non, je ne veux pas. Je t'aime beaucoup, mais je ne pourrais pas vivre comme ça. Je ne serais pas honnête envers moi ni envers toi. Mais je reviens quand tu veux pour jouer les détectives avec toi!

Julien m'embrasse et me serre fort, il serre la main de Bruno, qui le remercie encore et encore pour son rôle dans l'arrestation d'Eva et Julien quitte l'appartement pour aller pousser des rondelles. Bruno et moi le suivons de près pour nous diriger vers l'aéroport. Je suis très heureuse d'être à New York avec mon meilleur ami. Je n'aurais pas imaginé une tournure dans ce genre-là pour mon week-end, mais c'est génial! On va se rappeler longtemps de notre aventure New Yorkaise!

Dans la voiture qui nous mène à l'aéroport, je demande à Bruno comment il se sent qu'Eva soit arrêtée. Il est soulagé et il dit que ça fera avancer l'enquête sur son père, puisqu'ils auront des éléments autres que les seules affirmations de Gilbert. Il est conscient de ce qu'a fait son père depuis plusieurs années et il lui en veut énormément. Il ne veut pas le voir et il ne veut pas avoir de contact avec lui pour l'instant, mais il veut quand même que son procès se passe d'une façon équitable. Ça ne doit pas être drôle de savoir que son père, qu'on a admiré, à qui on a voulu ressembler et de qui on a toujours cherché l'attention et la reconnaissance est un menteur et un criminel.

***

Partie X

Je suis de retour à la vraie vie, après mon escapade New Yorkaise. Je suis au travail, en train de poser des ongles extraordinairement longs à Gina, une cliente qui aime les ongles extraordinairement longs. Je ne sais pas comment elle fait pour les garder intacts. Chaque fois, elle me demande des couleurs extravagantes avec des dessins, et des diamants. C'est un spectacle! Je suis donc en train de faire des ongles à ma cliente lorsque la porte du salon s'ouvre sur une femme dans la vingtaine. Je ne l'ai jamais vue avant. Elle a le visage tout rouge et boursouflé, de longues coulisses brunes sur le corps et elle est en larmes. Elle se jette dans mes bras et s'écrie... quelque chose, que je ne comprends pas du tout à travers ses pleurs. Merde, elle se met même à hyperventiler!

Je la traîne comme je peux jusqu'à la chaise la plus proche et je l'assois. Gina s'approche d'elle avec ses ongles-griffes. Je vais lui chercher un verre d'eau et je cherche partout un sac de papier (1. Il paraît que c'est ce qu'il faut faire quand quelqu'un hyper ventile, mais je ne connais rien dans l'hyperventilation et 2. Y'a plus personne qui a ça des sacs en papier, alors j'en trouve pas).

Je reviens tout de même avec le verre d'eau. Ma cliente aux ongles de sorcière a réussi à calmer celle qui pleure. Peut-être que ses ongles (*mes* ongles) ont un pouvoir magique? Peut-être que je pourrais faire pas mal plus d'argent que je pense avec ça?

Après qu'elle ait bu son verre d'eau, Madeleine (je ne sais pas son nom, mais elle pleure beaucoup, genre qu'elle *pleure comme une madeleine*, alors c'est le nom que je décide de lui donner dans ma tête) finit par nous expliquer que l'après-midi même, elle se marie. Comme elle est toute pâle, elle a décidé de mettre de l'autobronzant hier, pour la première fois de sa vie, parce que c'est ça qu'utilise, paraît-il, Jessica Alba pour avoir un beau teint (mon œil, elle va au salon de bronzage, c'est certain. Quelle vedette prend le temps de se tartiner pour avoir un teint bronzé en risquant des accidents comme celui-ci la veille de la soirée des Oscars?). Évidemment, ce matin, le beau teint uniforme et sans stries promis par les publicités de ladite crème s'est révélé être en fait des coulisses brunes partout sur son corps. La catastrophe! Elle s'est rendue au salon d'esthétique où elle avait pris un rendez-vous pour un soin du visage (le jour de son mariage, c'est une très mauvaise idée, ça laisse des marques et des rougeurs, il ne faut jamais faire ça!) et où, apparemment, l'esthéticienne était plus soucieuse de faire de l'argent que d'avoir une cliente satisfaite. Le résultat est assis devant moi, larmoyant. En se voyant dans le miroir en sortant du salon, Madeleine s'est mise à pleurer à la vue de son visage bouffi et rougeaud. Elle s'est mise à chercher frénétiquement un autre salon d'esthétique. C'est le mien qui était sur son chemin. Même si la situation est un peu dérangeante (j'ai ma cliente aux ongles-griffes et j'en ai d'autres après elle), je dois avouer que Madeleine fait pitié avec son visage bouffi et que mon pire cauchemar serait de me marier avec un visage comme le sien.

Je lui donne donc un pot d'exfoliant et je lui ai dit d'aller se doucher en se massant le corps avec le truc. Pendant ce temps, j'appelle mes prochaines clientes pour retarder leur rendez-vous d'une heure. C'est ma B.A. de la journée. Et puis, j'aurai la satisfaction d'avoir contribué à réaliser un rêve de petite fille. (Le mariage, c'est le rêve de toute petite fille devenue grande!). Quand tout est arrangé, je me rassois à ma table de manucure et je termine les ongles de sorcière de Gina.

Madeleine sort de la douche, encore avec des traces de son méfait de la veille, mais c'est beaucoup moins pire que quand elle y est entrée. Je la traîne dans la cabine de soins pour lui appliquer un masque apaisant sur le visage, afin de réduire un peu ses rougeurs, et je lui applique des pastilles d'huile apaisante sur les yeux, pour les faire dégonfler, en lui disant d'arrêter de pleurer, ce qu'elle semble totalement incapable de faire.

Pendant ce temps, Clément est chez lui. C'est samedi et il réfléchit. Il essaie de repousser ses pensées, mais il n'y arrive pas, elles reviennent toujours. C'est en fait depuis que Bruno est venu le voir dans son bureau pour lui dire de m'appeler. Il est habillé et il tourne en rond depuis le matin sans savoir quoi faire. Il décide de suivre les encouragements de Bruno et il compose mon numéro de portable. Je reçois son appel alors que je laisse reposer Madeleine avec son masque. Quand je réponds, la voix masculine me demande :

-Bonjour, est-ce que c'est Victoria?

Mon Dieu, ça fait tellement longtemps que je ne pense plus à Victoria. Elle fait partie de mon ancienne vie, je ne pense même plus *en* Victoria. Comment cet homme a-t-il eu mon numéro? Je l'ai fait changer quand j'ai arrêté d'être accompagnatrice, justement pour éviter ce genre de situations.

-Euh. Je crois que vous avez le mauvais numéro. Je ne suis pas Victoria.
-C'est parce que j'aurais besoin des services d'une accompagnatrice de soirée, dans quelques semaines. Pour m'accompagner à un mariage. J'ai laissé ma blonde il y a des mois, parce que je suis trop orgueilleux. Maintenant, mes amis Bruno et Jamel se marient et je suis seul pour célébrer ce bel événement.

J'ai reconnu la voix de Clément depuis quelques mots, déjà, mais je savoure ses paroles.

-Est-ce que tu me testes? Dis-je en souriant.
-Pas du tout, mais je suis bien content que tu ne sois plus Victoria.

Cette journée-là passe très vite. Soudain, mon café

choco-caramel, déjà très bon est encore meilleur, mes clientes, encore plus gentilles, les pourboires, encore plus agréables. Je suis aux anges! Après avoir calmé le visage de Madeleine, je lui fais un maquillage, en essayant de cacher ses rougeurs avec beaucoup de vert (c'est bizarre, mais ça marche) et en poudrant bien son décolleté pour atténuer le plus possible les marques d'autobronzant. Madeleine, qui s'appelle en vérité Sabrina pleure encore, mais de joie, cette fois, en voyant le résultat de mon travail. Elle n'arrête pas de dire que j'ai sauvé sa journée de mariage. En quittant le salon, elle m'invite même à la cérémonie et à la réception. Je décline l'offre poliment. Je n'ai qu'une envie : me retrouver chez moi avec un bon magazine.

Je suis tranquille à la maison avec mon Vogue acheté à l'aéroport à mon départ pour New York. Je n'achète cette revue que quatre fois par année, aux changements de saison pour voir les nouvelles tendances, lorsque la sonnerie du téléphone retentit. Je décroche et Jacqueline est à l'autre bout.

-Emma. J'espère que tout va bien et que vous vous plaisez toujours chez nous.
-C'est peu dire. Je me sens tout à fait chez moi euh... chez vous.
-Je suis contente de l'entendre. Écoutez. Mon mari a des vacances dans deux mois et il aimerait venir passer deux semaines à Montréal. L'université paye notre déplacement pour retourner dans notre pays deux fois l'an alors il n'y aura pas de coût pour nous. Si vous êtes d'accord et que les dates coïncident avec vos

propres vacances, mon mari est d'accord pour vous donner ses points Aéroplans pour l'équivalent d'un aller-retour Oxford et nous vous prêterions notre logement en Angleterre. En échange, vous nous laisseriez réintégrer notre maison de St-Lambert pour les deux semaines. Qu'en dites-vous?
-Wow! Je ne peux pas dire non à ça! Et puis c'est votre maison. C'est d'accord. Vous me donnerez les dates, je vais m'arranger, c'est certain. C'est une grande chance pour moi!

Oxford, me voilà bientôt! Je suis tellement chanceuse avec les voyages, ces temps-ci! Tout le monde me paye des voyages! C'est peut-être parce que j'ai un bon karma! (Pff! Je dis ça juste comme ça, je ne connais rien dans les karmas).

***

Un matin de printemps, pendant que je suis au salon d'esthétique et que Bruno est chez GBF Immobilier, Jamel est aussi au travail. Il est dans son bureau, situé dans le sous-sol du grand magasin qui l'emploie. Il réfléchit à la création des vitrines de la prochaine saison, même si on est des mois à l'avance. Il a plusieurs idées, elles se bousculent toutes dans sa tête. Chaque saison, c'est un nouveau défi pour lui. Jamel a l'esprit très créatif et il aime les choses belles et raffinées. Il sait que son travail est très important pour la compagnie, puisque les vitrines vont attirer ou éloigner des clients. Il pense en feuilletant le catalogue des nouveautés pour se donner des idées. Il va faire comme d'habitude, il va partir d'un thème et développera les vitrines à partir de ce thème. Soudain, son poste téléphonique sonne. Il décroche. C'est la secrétaire du grand patron. Il le convoque à son bureau immédiatement. Jamel repose le combiné et il est parcouru d'un frisson. Il pose le catalogue sur sa table de travail, se lève et sort de son bureau. Il traverse les rayons du magasin. Habituellement, lorsqu'il se promène dans les rayons, il remarque tout ce qui pourrait être amélioré. Des vêtements qui ne sont pas mis en valeur, des étalages négligés, des stands qui devraient être revampés. Mais aujourd'hui, il ne prend pas le temps de regarder tout ça. Il se dirige vers le bureau de la direction d'un pas ferme, mais il est un peu inquiet. Il se demande pourquoi il a été appelé. C'est très rare que la direction convoque des employés en dehors des réunions de personnel prévues d'avance et il n'est pas certain qu'il s'agit d'une bonne nouvelle.

Jamel arrive devant la porte du directeur du magasin. L'assistant de celui-ci, qui guettait son arrivée, vient lui ouvrir et l'invite à entrer dans la vaste pièce. Lorsqu'il entre dans le bureau, il est surpris de voir que d'autres directeurs sont également présents. Des directeurs régionaux, et même le directeur général de la compagnie. Celui-ci ne se déplace que très rarement dans ses magasins, Jamel est donc très intimidé en l'apercevant. Le directeur du magasin prend la parole. Il explique qu'il a convoqué tout ce monde, car depuis quelques mois, les chiffres de vente du magasin sont en chute libre. Selon les études qui ont été réalisées par des firmes de marketing, il y a plusieurs facteurs en cause, dont la récession. Sur ce point, personne ne peut rien. Par contre, il semble que les gens n'entrent plus autant qu'avant dans le magasin. Il faut trouver des façons d'attirer les clients dans le magasin et de mousser les ventes. Le directeur a fait venir dans son bureau tous les gens qui peuvent avoir une influence sur les ventes. Il demande à chacun de se mobiliser dans son domaine respectif afin de trouver des idées qui pourraient améliorer les chiffres pour les prochains trimestres.

Après la réunion, Jamel retourne à son bureau en réfléchissant. Il est très concerné par son travail et très attaché à son entreprise, qui a toujours traité ses employés de façon équitable et avec reconnaissance. Il est soucieux de l'avenir de sa compagnie et également, il est intéressé et motivé à faire ce qu'il peut pour redonner vie à l'entreprise. Il entre dans son bureau et referme la porte derrière lui. Il allume le poste qui permet de faire jouer son iPod dans la pièce et choisit la musique de Françoise Hardy. Ça lui donne de l'inspiration. Il chante *J'suis d'accord* en tournoyant un peu dans son bureau et attrape au passage son crayon «à idées», celui avec une longue plume. Il se rend, toujours en chantant, à son tableau, celui devant lequel il travaille toujours lorsqu'il fait des brainstorms pour trouver des nouvelles inspirations. Debout, il dresse la liste des dernières promotions qu'il a fait pour la compagnie et qui ont bien fonctionnées. Il y a eu les soirées VIP, qui ont fait vendre beaucoup et connaître les nouveaux arrivages. Par contre, ces derniers temps, il n'y a pas eu beaucoup de gens aux soirées VIP. Il faudrait trouver une façon d'attirer les clients, que les gens entrent d'abord dans le magasin. Ensuite, ils pourront acheter. Il y a eu la journée vitrines ouvertes avec L'Oréal, où les artistes coiffeurs et maquilleurs ont fait des métamorphoses de passants devant la vitrine ouverte du magasin. Les passants de la rue Ste-Catherine pouvaient donc assister à ces transformations à partir de la rue. Un événement vitrines ouvertes pourrait donc être une bonne idée, et le magasin pourrait profiter du fait que la foule serait attirée par l'événement pour ensuite les convier sur place à un événement VIP. À partir de là, ce serait le travail de la section du marketing de s'organiser pour que les gens achètent.

Un événement vitrines ouvertes, soit, mais lequel. Jamel a entendu parler d'un magasin qui a fait vivre des comédiens dans une vitrine durant une semaine. La vitrine était aménagée avec les meubles et accessoires déco du commerce et les comédiens portaient les vêtements vendus en magasin également. Après deux jours, les passants ont dû se lasser. Non, il faut un événement, une fois. Quelque chose d'attendu. Où les gens auront hâte d'être. Soudain, il a une idée géniale! Il a trouvé quel événement! Il doit vendre l'idée à quelques personnes auparavant, mais il est certain que c'est faisable.

***

Ce matin, je me lève tôt! On est samedi, j'ai pris une journée de congé au salon. *Fermé pour raison personnelle.* La raison, c'est que Florence, Jeanne, Virginie, Marthe et moi, on se fait une journée de magasinage pour nos robes de mariage. Pas pour les robes de *notre* mariage, nos robes pour le mariage de Bruno et Jamel.

Je sors de mon lit, me déshabille sur place en laissant tomber mon pyjama sur le sol de ma chambre et je saute dans la douche. J'en ressors presque aussitôt. J'entortille mes cheveux encore mouillés et je les attache. Ça leur donne de belles vagues lorsqu'ils sont secs et que je les détache. J'enfile un pantalon de coton beige et une chemise à manches trois-quarts blanches avec un cardigan bleu foncé. Et mes ballerines vertes qui viennent de Paris, naturellement. Ce sera confortable pour marcher toute la journée. Je ne prends pas de café ni ne déjeune, puisqu'on va toutes se rencontrer au resto pour aller bruncher ensemble avant d'aller magasiner! Je sors de chez moi et je file prendre Florence chez elle, à quelques maisons.

Lorsque j'arrive chez Florence, je me gare dans son entrée, mais je n'ai pas le temps de couper le contact de la voiture qu'elle sort pour me rejoindre. Elle monte dans la Volvo et on part vers le Café El Dorado.

Dans la voiture, Florence et moi, on discute comme avant. Ça fait longtemps qu'on n'a pas eu de temps pour nous toutes seules. Quand on est avec les enfants, ils parlent en même temps que nous, ils se disputent et demandent plein de choses. C'est à croire qu'ils ne veulent pas nous laisser jaser. Alors là, on apprécie vraiment! Florence m'explique comment elle se débrouille pour faire ses petits contrats de comptabilité et comment elle apprécie le fait de travailler un peu et d'être reconnue pour autre chose que ses qualités de mère et d'épouse. Elle a vraiment l'air d'aimer ça, parce qu'elle rayonne! Elle est joyeuse, je ne l'ai pas vu comme ça depuis longtemps.

Les autres filles nous attendent déjà à notre arrivée. Virginie et Marthe viennent dans cet endroit pour la première fois. Elles sont enchantées de l'ambiance et du menu. Nous jasons et mangeons avec beaucoup de plaisir. C'est l'fun être entre filles.

Après le déjeuner, on se sépare dans les différentes voitures et on part vers le centre-ville. Opération magasinage! Comme on ne veut pas toutes le même genre de robe et qu'on n'a pas toutes les mêmes moyens, on y va par petits groupes. Marthe va chez Ogilvy seule, tandis que Virginie et Florence, qui se sont trouvés pleins de points en commun en tant que mères au foyer se dirigent chez La Baie. Elles ont jasé ensemble au café et s'étaient déjà rencontrées à ma graduation et à l'ouverture de mon salon. Je crois qu'elles s'apprécient et qu'elles se comprennent. Moi et Jeanne, on va vers le Forever 21. C'est notre *boutique-centre-ville-pas-chère-et-vraiment-cool* préférée. J'espère me trouver une belle robe vintage rose en vieille dentelle... Je sais ce que veux dire, je l'ai dans ma tête! C'est toujours ça le problème avec moi quand je magasine. Je sais exactement ce que je veux, mais ça n'existe pas forcément. Alors, tout ce qui n'est pas identique à ce que j'ai dans ma tête, ça ne me plaît pas.

Mais cette fois, on dirait que la chance est de mon côté, étant donné que presque en entrant dans la boutique, je vois *la* robe de mes rêves, celle que j'avais dans la tête. Elle est étiquetée à trente-cinq dollars (c'est vraiment une aubaine) et il y a un rabais de 25 % sur toute la marchandise. Je prends la robe dans ma taille et je cours l'essayer. Il ne manquerait plus qu'elle ne me fasse pas. Mais elle me fait comme un gant! On dirait qu'elle a été faite pour moi! Et le prix a définitivement été fait pour mon portefeuille!

Comme Jeanne et moi on a déjà trouvé notre robe et qu'il reste du temps avant l'heure de rencontre qu'on s'est données nous toutes, on décide d'aller dîner. En fait, on ne va pas manger de repas. On va plutôt chez Nickel's, comme quand on était ados. On mangeait le gâteau Céline Dion, avec un extra coulis de chocolat. On se rend au Nickel's de la rue Ste-Catherine et on commande notre gâteau géant. Jeanne et moi on déguste le Céline Dion en se mettant à date dans les détails de notre vie. Depuis que j'ai quitté l'appart, on se voit beaucoup moins qu'avant et ça nous manque à toutes les deux. Jeanne me parle de sa vie toute seule dans l'appart, de son travail dans son Espace-Loft. Elle en profite aussi pour me dire, entre autres choses qu'elle et Hubert sont allés souper ensembles et qu'ils ont terminé leur soirée par une ballade au parc Lafontaine. Ça, c'est cool. Une sortie au parc Lafontaine, ça veut dire qu'Hubert est vraiment intéressé. Parce qu'au Parc, la seule chose qu'il y a à faire, c'est profiter du moment. Il ne peut pas se faufiler en jetant un œil au téléviseur à écran géant juste derrière Jeanne pendant qu'elle lui parle et il ne peut pas non plus regarder la première page du journal qu'est en train de lire le voisin de table. Il est fou d'elle, c'est certain! Je le dis à Jeanne, mais il répond que j'exagère. Je crois qu'elle a peur que ça marche entre eux, car elle ne saurait pas quoi faire!

Je suis contente pour Jeanne. Elle ne voit presque jamais de gars à part ceux qui travaillent avec elle. Elle n'a que des amies filles et elle ne drague pas vraiment quand elle sort alors elle n'a pas beaucoup d'occasions de rencontrer du monde nouveau. En plus, Hubert est très beau et très gentil. Et il l'a invité à l'accompagner au mariage! Décidément, ça valait bien la peine de fermer mon salon d'esthétique aujourd'hui. Les journées de filles sont vraiment cool!

***

La semaine qui précède le mariage, j'ai une nouvelle cliente qui vient pour une épilation. Lorsqu'elle entre dans le salon, je remarque tout de suite son beau sourire. Elle est petite, brune et elle a un style *Cœur de pirate*. Elle est très jolie. Elle sourit à pleines dents, elle est rafraichissante. Elle se nomme Sarah. Je l'invite à me suivre dans la cabine de soin. Lorsqu'elle a pris son rendez-vous au téléphone, elle m'a demandé l'épilation des cuisses, mais sur place, elle me demande :

-Est-ce que t'aurais le temps de me faire aussi le bikini?
-Bien sûr, j'ai un peu de temps avant la prochaine cliente. Tu veux quoi, le bikini normal?
-Non, j'aimerais l'intégral.
-D'accord.

Je lui demande d'enlever son pantalon, d'enfiler le paréo qui se trouve près d'elle et de s'asseoir sur la chaise d'épilation. Je me tourne vers elle, prête à commencer lorsque je m'aperçois qu'à part son haut, elle est nue. Je tressaille de surprise et je lui demande ce qu'elle fait, quand elle me dit qu'elle n'est pas gênée et qu'en Amérique du Sud, où elle est allée pour un échange étudiant, ils font ça comme ça. Cette situation ne m'est jamais arrivée, mais je n'aime pas ça. Je lui dis que si elle veut protéger ses sous-vêtements, elle peut porter la petite culotte jetable que je lui tends, car je n'accepte pas que mes clients soient complètement nus. Il faut quand même que je me protège, il y a tellement d'histoire de trucs pas éthiques (Oh! je croirais entendre Clément, là) et je ne veux pas avoir de problème dans mon salon. Elle n'a pas l'air enchantée, mais elle enfile le bout de papier et s'installe dans la chaise. J'essaie de discuter de tout et de rien, en commençant à épiler ses cuisses. Elle me fait des beaux grands sourires et je me dis que cette fille est vraiment très chaleureuse. En fait, un peu trop, ça me rend inconfortable. Mais bon, j'imagine qu'il y a toutes sortes de personnes dans le monde et qu'en tant qu'esthéticienne, je dois m'adapter a ma clientèle... Jusqu'au moment où je pose une main sur sa jambe afin de la déplacer pour avoir mieux accès à la région à épiler. Elle attrape alors mon poignet et elle me plaque la main sur sa cuisse en me disant avec enthousiasme :

-Vas-y! Touche-moi! Aies pas peur, fais pas semblant!
-Euh. Ce n'est pas toutes les clientes qui aiment être touchées alors je fais toujours un peu attention pour ne pas être trop envahissante.
-Eh bien moi, tu peux me toucher... Partout où tu veux.

Mon Dieu, ce n'est pas possible. On dirait qu'elle me drague! Je dois me tromper. Pourquoi elle me draguerait? Je suis décontenancée, mais je réussis à terminer mon travail en jasant avec elle.

Lorsque j'ai terminé et que je lui demande de se rhabiller, elle me demande de lui passer son string. Je lui réponds que non, que je vais la laisser quelques minutes seule pour accueillir ma cliente suivante, et qu'elle peut se rhabiller durant ce temps. Elle me regarde avec des yeux de biche en me faisant une moue à la Vanessa Paradis dans les années 80 et me dit:

-Tu restes pas avec moi pendant que je me rhabille? On pourrait continuer de jaser...

Je ne lui réponds pas, je sors de la cabine. Je suis tout à fait confuse. Je n'ose rien dire, je ne sais pas quoi penser. Peut-être que mon imagination me joue des tours?

Alors que Sarah sort, je suis en train de discuter avec une étudiante en esthétique qui vient s'informer de la possibilité de faire un stage avec moi. Nous sommes en train de parler des clientes qui pourraient servir de modèle. En passant devant nous, Sarah nous interrompt pour me saluer et me glisser un pourboire dans la main. Elle me lance avant de pousser la porte:

-Si tu as besoin d'un modèle, je te prête mon corps. Tu peux faire ce que tu veux avec!

La stagiaire me regarde sans rien comprendre. Je baisse les yeux sur le pourboire qu'elle m'a laissé. C'est en fait son numéro de téléphone. Je suis définitivement en train de me faire draguer par ma cliente! Et c'est maintenant que j'allume! Je suis complètement déconnectée, moi!

Le soir, alors que nous sommes sur ma terrasse devant une bouteille de rosé et que je raconte mon histoire à Bruno et Jamel, ils pleurent de rire et me trouvent vraiment innocente de ne pas m'être rendu compte plus tôt de la situation. Eux s'en seraient tout de suite rendu compte, apparemment. Je trouve ça drôle, moi aussi! Je me console en me disant qu'au moins, je me fais draguer par quelqu'un!

***

Le matin du grand jour est arrivé! Je suis énervée! Les mariages, moi j'aime ça. C'est tellement beau, un mariage. Et en plus, c'est une belle occasion pour se présenter sous son meilleur jour. Et aujourd'hui, je vais au mariage avec Clément. Je suis debout très tôt. Je suis dans ma cuisine en train de prendre mon café chocolat-caramel en lisant mon dernier numéro de Loulou. Je décide quels vêtements, souliers et accessoires il faudra que j'achète si je veux être hot cet automne. J'ai beaucoup de temps avant le mariage donc, rien ne sert de me presser. Mais j'ai hâte alors j'ai un peu de misère à rester tranquille.

Une fois que la lecture de ma revue est terminée (je veux dire, une fois que j'ai tourné toutes les pages de façon compulsive), je vais prendre une longue douche et je prends mon temps pour appliquer un masque hydratant sur mon visage et me faire un exfoliant sur le corps. Lorsque je sors de la douche, j'applique une crème hydratante dans laquelle j'ai mélangé un soupçon d'autobronzant. Elle donne un beau hâle subtil à ma peau et elle sent bon. Et elle est sécuritaire à utiliser, je l'ai essayé plusieurs fois. Rien à voir avec le truc orange qu'avait mis ma cliente que j'ai surnommée Madeleine le jour de son propre mariage. Lorsque je suis bien crémée, je prends mon temps pour me faire un beau maquillage. Bruno est un homme d'affaires important et il y aura plein de caméras et de journalistes, alors je veux être à mon avantage si je parais sur des photos ou à la télévision. Mais plus que ça, je veux être présentable pour le mariage de mon meilleur ami. J'ai dormi avec des tortillons dans mes cheveux mouillés la nuit dernière. Une chance que personne ne m'a vue parce que ce n'est pas chic. Mais ce matin, quand je défais les élastiques, mes cheveux sont frisés. Je les enduis de beaucoup de fixatif pour que ça dure. J'enfile la robe style *Jackie O.* rose que j'ai acheté avec Jeanne et je complète mon look vintage-chic avec un serre-tête orné d'une fleur sur le dessus. Ne me reste plus qu'à enfiler mes souliers bourgogne à talons vertigineux (ils me font mal aux pieds, mais ils sont superbes, et en plus, je les ai eus en mégasolde, à huit dollars). Comme je rassemble mes effets personnels, c'est-à-dire mon gloss et ma clé de maison, la sonnette de la porte d'entrée retentit. C'est Clément! Ça y est, je suis toute énervée! Je lui crie d'entrer à travers la fenêtre ouverte. Il passe la porte, m'aperçoit et il me dit que je suis belle! Moi, Emma! Je suis belle! Hi! Hi!

Je dis à Clément que je suis prête et il ressort de la maison, moi sur les talons. Je ferme la porte à clef et nous descendons les quelques marches de l'escalier pour se rendre jusqu'à sa voiture. En regardant en direction de chez Florence, je vois la petite famille qui s'apprête à partir elle aussi. Florence et Pierre-Olivier sont en train d'attacher les enfants dans leur siège d'auto et lorsqu'ils nous aperçoivent, ils s'arrêtent pour nous faire un signe de main.

J'embarque dans la voiture de Clément et nous partons, direction le Centre-ville. Nous sommes un peu gênés, je crois, parce que nous ne disons pas grand-chose. Nous parlons du mariage et de la tournure qu'il a pris. Après avoir envoyé les invitations, Bruno et Jamel ont envoyé une correction à tout le monde. Ils ont changé la formule du mariage. Je crois que ce sera une première très originale!

Clément me parle de son travail et me demande des nouvelles du mien. Il dit qu'il aimerait bien voir mon salon et je l'invite à venir quand il voudra. Il dit aussi que ma maison est belle et que j'ai l'air en forme. Franchement, je crois qu'on a l'air de deux innocents qui échangent des banalités. Mais je suis contente qu'on soit ensemble et je ne suis pas pressée qu'on arrive. Je savoure l'instant.

Bruno a pensé à réserver un stationnement au complet d'un édifice du centre-ville, parce que trouver des places de stationnements pour tous les invités à proximité de l'endroit du mariage ne serait pas chose facile. Nous profitons donc dudit stationnement et nous n'avons qu'à marcher quelques mètres sur la rue Ste-Catherine. N'importe qui pourrait trouver, il y a plein de gens qui sont massés devant l'endroit du mariage et qui font les curieux. Plusieurs passants et des gens qui sont venus fouiner. Ils jouent du coude pour voir un peu mieux que leurs voisins. Comme je l'avais pensé, il y a des journalistes et des caméras. Tous les quotidiens de Montréal, mais aussi ceux des grosses villes canadiennes et américaines sont là. Il y a aussi beaucoup de policiers sur place, pour s'assurer que tous les passants respectent le périmètre de sécurité établi et qu'il n'y a pas d'incartade.

Clément sort nos laissez-passer, que Bruno lui a confiés au bureau. Il se fraie un chemin entre tous les gens qui sont là et m'aide à passer devant lui. Les passants sont curieux. Ils aimeraient être invités aussi et je me sens privilégiée d'être là!

Nous passons la porte du grand magasin où travaille Jamel. Des hôtes sont postés pour vérifier la validité de nos laissez-passer et nous diriger vers l'endroit du magasin qui a été aménagé pour les invités du mariage. Plusieurs chaises (des fauteuils style Louis Seize qui sont en vente au magasin) ont été disposées en rangées et ont été identifiées aux noms des invités. Clément et moi trouvons rapidement les sièges qui portent nos noms et nous nous installons. C'est très confortable. Devant nous, il y a l'autel qui fait face à la vitrine du magasin. Les fenêtres de la vitrine qui donnent sur la rue Ste-Catherine ont été enlevées, mais des barrières de sécurité décorées de longues plumes blanches ont été installées pour éviter que les passants se fassent trop envahissants. Je suis occupée à regarder toute l'organisation et l'originalité de ce mariage quand Jeanne arrive en compagnie d'Hubert! Je pousse un petit cri de joie quand je les aperçois. Je leur indique que leurs places sont à côté des nôtres. Jeanne s'approche et vient prendre place à côté de moi en m'expliquant qu'Hubert, en tant qu'avocat, sera le célébrant.

Tandis que les invités trouvent tranquillement leur siège, des serveurs se promènent à travers les chaises et offrent une coupe de champagne aux invités déjà installés. Nous dégustons le verre de bulles en discutant de la belle idée que Jamel a eue et de l'amabilité de Bruno d'avoir consenti à cette cérémonie pour le moins inhabituelle.

Lorsque tous les invités ont pris place, Hubert se rend devant l'autel. La voix de Doris Day se fait entendre dans les haut-parleurs du magasin et tout le monde devient attentif. Bruno et Jamel s'avancent, main dans la main. Ils sont très chics. Bruno est habillé d'un complet trois pièces style années vingt. Jamel, lui, a choisi un habit bleu foncé agencé à une chemise vert gazon. Ils sont rayonnants! Ils s'arrêtent devant Hubert, non sans avoir salué avec générosité la foule de passants massés devant les vitrines.

La cérémonie n'est pas longue. Hubert parle de la façon dont tout a commencé, lorsque lui-même a rencontré une certaine Victoria en magasinant des cravates durant son heure de lunch. Aw! Je n'avais jamais fait le lien! Tout ça, c'est à cause de moi. Bruno et Jamel ont été mes clients tous les deux. Ayoye! Ils se marient parce que je les ai présentés. Moi, Emma! Je suis une marieuse!

Heureusement, Hubert demeure discret quant aux circonstances de notre rencontre, car ce n'est pas tout le monde qui est au courant de mon passé d'accompagnatrice de soirée. Hubert mentionne seulement que j'ai mis les mariés en communication par Facebook. Ensuite, il lit des articles du Code civil. Je pense à Omer Simpson en faisant très attention de dire *C'est plaaate* seulement dans ma tête. Je ne voudrais surtout pas que mes amis pensent que c'est leur mariage que je trouve plate. Mais ça me semble assez évident, que les mariés doivent habiter à la même adresse! En tout cas, ce n'est pas ma partie préférée de la cérémonie, parce que ce n'est pas très romantique. On dirait un contrat d'affaires. Mais heureusement que ce n'est pas très long. À la fin, Hubert souhaite aux mariées du bonheur et tout et tout.

Lorsque la cérémonie est terminée, les mariés quittent la vitrine pour rejoindre leurs invités qui commencent à se lever. À ce moment, un représentant du magasin vient prendre la parole dans la vitrine à l'intention des spectateurs de la rue. Il annonce que les vêtements des mariés ainsi que tous les accessoires qui ont servi à la décoration du mariage sont vendus dans la boutique et il invite le public à une vente VIP qui a lieu immédiatement. Les portes du magasin et les gens se ruent devant pendant que nous, les invités du mariage, sommes dirigés vers un étage supérieur. Jamel a trouvé une bonne idée pour attirer une foule au magasin et les gens du marketing profitent de l'occasion pour faire une vente, ce qui améliorera certainement les statistiques pour quelque temps.

Il y a un peu de circulation dans les ascenseurs puisque plus de cent personnes tentent de s'engouffrer à l'intérieur pour atteindre l'étage du restaurant, le lieu la réception.

Le restaurant du magasin est un bijou du patrimoine canadien. Il est classé monument historique. Il a été construit en même temps que le magasin, il y a plus de cent ans. C'est tout un étage de style Art déco. Comme il est fermé au public depuis plusieurs années, la cuisine n'est plus en service. Etant donné que Jamel a demandé cette salle pour la réception de son mariage, ils ont fait une exception, puisqu'elle n'est généralement pas disponible. Par contre, Bruno et Jamel ont prévu les services d'un traiteur exquis. Plusieurs serveurs s'affairent à offrir des petites bouchées design très originales, qui donnent dans les cuisines fusion et moléculaire et qui sont tout à fait délicieuses. On s'exclame à la vue de chaque met qui nous est distribué et on s'exclame encore lorsqu'on y goûte.

Le décor est superbe et la nourriture est bonne, et lorsque Brigitte Bardot commence à chanter «Bubble Gum», Clément vient me chercher pour aller danser. Je le suis volontiers.

Je me fais aller au son de la musique et je regarde autour de moi: Bruno et Jamel dansent en riant et en faisant des figures de danseurs à gogo. Jeanne et Hubert dansent en se regardant comme s'il n'y avait qu'eux au monde. Virginie avec son mari dansent en ronde avec leurs trois enfants. Florence et P.O. dansent en tenant chacun un enfant dans leur bras et se tiennent par leur main libre. Il y a aussi Marthe, qui est avec ses fils. Je suis certaine qu'elle pense à Gilbert qui est dans sa prison. Comme les procédures sont longues dans des causes de cette envergure, cela prendra plusieurs mois avant que son procès ne commence. En attendant, il est détenu. Eva est aussi détenue au Brésil, mais ils vont la faire revenir au Canada pour témoigner dans le procès de Gilbert. Ils vont très certainement avoir plusieurs années à faire derrière les barreaux tous les deux. On ne les verra pas pour très longtemps! Il n'y a que Domenico qui est introuvable. La police le recherche, mais personne ne l'a plus vu après qu'il soit allé vider son compte aux Caïmans. Certains ont dit qu'il s'était suicidé, mais je pense plutôt qu'il est reparti magouiller sous une nouvelle identité, essayer de refaire fortune dans un pays lointain. Pauvre Marthe. Elle doit être triste que tout ait tourné comme ça, mais elle ne le laisse pas paraître. Elle est joyeuse, elle rit et elle a l'air d'être très heureuse pour son fils. J'ai quand même une petite pensée pour Gilbert. Je suis certaine qu'il doit être triste de ne pas pouvoir être au mariage de son fils. Mais il n'aurait probablement pas été content que Bruno se marie avec un homme, de toute façon. Bof! Je regarde Clément. Il me sourit! Et moi aussi je lui souris. Je pense à ma vie qui a beaucoup changé depuis un an. Il s'est passé plusieurs choses. L'an dernier à cette date, je n'aurais pas pu dire que j'allais apprendre autant sur moi et sur la vie au cours de l'année qui suivrait. C'est très bien comme ça, parce que j'ai appris, j'ai changé, je me suis découverte. Et j'ai aussi découvert que, franchement, la vie est pleine de surprises!

Je saute vers Clément et je lui fais un gros câlin! Je lui demande à l'oreille s'il veut venir à Oxford avec moi, chez Jacqueline. Il me répond par l'affirmative et je viens pour l'embrasser quand quelque chose tire sur le bas de ma jupe. On penche la tête en même temps vers le sol pour apercevoir ma filleule, Charlotte. Je me penche pour prendre Charlotte dans mes bras. Nous continuons de danser tous les trois, comme une famille. Charlotte joue avec une mèche de mes cheveux et a l'air d'avoir du plaisir. Soudain, elle arrête de sourire. Son air devient grave et elle me dit:

-Maman voulait pas qu'on en parle aujourd'hui parce que c'est la journée de Bruno et Jamel, mais on va avoir un nouveau bébé.

Pleine de surprises, je vous disais?

L'auteure

Après avoir fait des études universitaires en sexologie, en travail social et en toxicomanie, Katherine Bourdon a travaillé comme intervenante dans divers milieux pendant une dizaine d'années. Elle a maintenant quitté le Plateau pour s'établir en banlieue avec son mari et ses deux enfants. Elle travaille toujours comme intervenante et comme formatrice et elle reçoit des clients dans son salon d'esthétique. *Au bonheur d'Emma* est son premier roman.

De la même auteure

Le combat d'Édouard (à paraître)

Printed in Great Britain
by Amazon